小学館文庫

小説 映画 空母いぶき

大石直紀

原作 かわぐちかいじ 原案協力 惠谷治

企画 福井晴敏

脚本 伊藤和典 長谷川康夫

小学館

目次

――そう遠くない未来

東アジア海域における領土争いは激化していた。

東南アジアに位置する島嶼《とうしょ》国家・カレドルフは、大国の干渉を嫌う周辺地域の国々と結束し、「東亜連邦」と名乗る国家共同体を設立。

東亜連邦は過激な民族主義を燃え上がらせ、領土回復を主張して公海上に軍事力を展開。

日本近海でも軍事衝突の危機が高まりつつあった。

プロローグ

　赤、青、黄、ピンク――、色とりどりの帽子を被《かぶ》った園児たちが、引率する先生に前後を挟まれ、二列になって歩道を歩いている。

コンビニ前の駐車場を掃除していた中野啓一《なかのけいいち》は、箒《ほうき》を持つ手を止めると、目の前を通り過ぎる園児たちに笑顔を向けた。近所にある私立の保育園に通う子どもたちだから、親といっしょにたまに店に来てくれる子もいる。そんな子たちは、中野の姿を見つけると、嬉《うれ》しそうな顔で手を振ってくれる。中野も手を振り返す。

　子どもたちの様子は、普段より楽しげに見える。あと二日でクリスマスイブだからだろう。いつもと違うご馳走《ちそう》が食卓に並び、両親からプレゼントが贈られる。子どもたちにとって、特別な日だ。

　五十歳のとき商社を退職し、年老いた両親が営むコンビニを継いで六年――。中野は、この時期が一番好きだった。目が回るほど忙しくて、自分自身はクリスマス気分などまるで味わうことができないが、そのかわり、たくさんの子どもたちの笑顔に出会うことができる。その笑顔のために、中野は、毎年心を込めてこの店オリジナルの商品を準備していた。

園児たちの列が行き過ぎると、中野は空を見上げた。雲ひとつない、冬の澄み切った青色が広がっている。心を穏やかにさせてくれる色だ。

でも、と中野は思う。この空の下のどこかで、今も殺し合いが行なわれている。人と人とが傷つけ合っている。

日本にも軍事的な危機が迫っているという人がいる。政府は、日本を守るためにという理由で空母まで造ってしまった。しかし逆に、その空母の存在が、周辺国に脅威を与えていると主張する人たちもいる。

『いぶき』――。空母の名前だ。その建造費は三千億円ともいわれている。それだけの予算があれば、必要なだけ公立の保育園を作ることができるのに、と中野は思う。待機児童などひとりもいなくなり、女性は安心して子どもを産めるし、働きに出ることもできる。福祉に使えば、障害を持つ人やお年寄りに、もっとやさしい社会になるだろう。政治や国際情勢のことは、中野にはよくわからない。ただ、軍事費に予算を使わずに済むような日本であり、世界であってほしいと思う。

――せめてクリスマスの間だけでも、世界中に笑顔が溢《あふ》れますように。

どこまでも続く空を仰ぎ見ながら、中野は祈った。

I　戦前

1

――十二月二十三日　日本時間・午前三時十五分

海上保安庁の巡視船『くろしま』は、沖ノ鳥島の西方四百五十キロに位置する、波留間群島の中心、初島へ近づいていた。

レーダーには、不審な漁船群が映っている。その数、二十隻。

ここ一時間足らずの間に気圧は急激に下がり、風雨が強まっていた。海面も荒れ始めている。そんな状況下で、多くの漁船が日本の領海すれすれを移動するのは不自然だ。

「あれか」

操舵室《そうだしつ》で双眼鏡を構えていた船長が、緊張した声音で言った。

真っ黒な海面に白い水しぶきを上げながら、多数の船が数十メートル先を走っていた。

「二十隻は多いな。まともな漁船とは思えんが、やはり初島に向かっているのか？」

「このままでは、接続水域を越えて領海内に入る可能性があります」

隣で同じく双眼鏡を構えていた副長が、強張《こわば》った声で告げる。

「本部に応援を要請しろ」

「はい」

双眼鏡を目から離し、副長が無線に手を伸ばす。

――そのときだった。

いきなり、強い光が室内に飛び込んできた。同時に、ドドドド――、という機関銃の発砲音が轟《とどろ》く。

窓ガラスが粉々に砕け散り、肩に銃弾を受けた船長が後ろに吹っ飛んだ。

床に伏せたまま、副長は言葉を失っていた。海上で発砲を受けるなど、もちろん初めての経験だ。

肩を押さえたまま呻《うめ》き声を上げている船長を横目で見ながら、副長は、震える手をもう一度無線に伸ばした。

2

——十二月二十三日　午前四時二十五分

首相官邸の地下にある危機管理センターに、内閣総理大臣・垂水慶一郎《たるみけいいちろう》をはじめとする国家安全保障会議のメンバーが続々と詰めかけた。集まった主要閣僚の誰《だれ》もが、緊張に強張った顔つきをしている。

全員が揃《そろ》うと、まず、国土交通大臣の鹿内《しかない》が状況の説明を始めた。

「本日未明、国籍不明の漁船二十隻が、波留間群島初島のEEZ（排他的経済水域）から接続水域に向かっているとみられたため、海上保安庁・波留間特別管区の巡視船『くろしま』が現場に急行しましたが——、午前三時三十四分、漁船群が突然発砲。『くろしま』からは、数名の負傷者が出たとの報告のあと、無線が途絶えました。漁船の乗員らは初島に上陸し、海上保安官たちは拘束されたものと思われます」

円卓を囲んだ全員が、まさか、という表情で顔を見合わせた。

「島の中央に、国旗らしきものが掲げられたとの情報もあります」

「なんだと！」

最初に声を上げたのは、党内でタカ派の急先鋒《きゅうせんぽう》として知られる副総理兼外相の城山《しろやま》だ。七十歳のベテラン議員で、前総理との関係が近いということもあって、まだ五十八歳の垂水よりも党内での発言力は強い。

「初島が占領されたということか⁉」

城山の顔は、すでに怒りで朱に染まっている。

「漁民を装った武装勢力……」

官房長官・石渡《いしわた》のつぶやきに、

「東亜連邦じゃないのか？」

城山が言葉を重ねる。

「波留間群島の領有権を主張している周辺国は複数ありますが」

石渡は、閣僚たちの背後に控えている事務官のひとりに合図を送った。事務官がパソコンを操作すると、前方の大型ディスプレイに、東アジアの地図が映し出された。

「なかでも最も強硬に主張し、領海侵犯を繰り返しているのは、東亜連邦です」

ディスプレイを見ながら、石渡は付け加えた。

フィリピン東方の海上に浮かぶ島々――。それが、新しく誕生した国家共同体「東亜連邦」だ。

「一方的な建国宣言から三年。国際常識など頭にない連中だからな」

苦々しい顔つきで城山が吐き捨てるように続ける。

「アメリカ、中国、ロシアの三すくみで国連も手が出せんし、奴《やつ》らが本気で初島を盗《と》りにきたのなら……」

「海上警備行動は、すでに発令しました」

防衛大臣の沖《おき》が言葉を挟んだ。

「海上警備行動」とは、強力な武器を所持している不審船が領海内に出現し、海上保安庁だけでは対応できないと認められた場合に、防衛大臣が発令するもので、これによって自衛隊の出動が可能になる。

「総理！」

城山がまた声を上げる。

「防衛出動を出すべきではないのか」

城山の言葉に、部屋にいる全員が同時に息を呑《の》んだ。

——防衛出動。

垂水も、思わず顔をしかめた。

「海上警備行動」では、緊急避難と正当防衛が認められる場合のみ武力行使が可能になるが、「防衛出動」では、その制限が取り払われることになる。つまり、武力衝突の可能性が増すということだ。発令できるのは内閣総理大臣ただひとりだけで、第二次世界大戦後、まだ一度も発令されたことはない。

垂水は視線を落とし、唇を噛《か》んだ。

防衛出動を発令すれば、敵味方双方に死傷者が出る可能性が増す。戦闘がエスカレートすれば、多数の死者が出かねない。それだけは、できれば避けたい。

――まさか俺《おれ》が総理のときに、こんな状況が訪れるとは……。

しかし、逃げ出すわけにはいかない。

どうすべきか迷っているとき、

「まだ情報が不足しています」

先に石渡が口を開いた。

「不法上陸者の特定、その目的を明らかにすることが先決かと」

垂水に向かって目配せする。

初当選が同期で、以来盟友といってもいい存在である石渡は、垂水の考えをよく理解してくれている。頼りになる存在だ。

絶妙のタイミングでの助け舟に、垂水は、ありがとう、というように小さくうなずいた。

「外務大臣」

石渡は、今度は城山に向き直った。

「当該各国への確認、国連への提訴の準備をお願いします」

「わかった」

自分の進言が無視され、一瞬むっとした表情になったが、城山はすぐに立ち上がった。そのまま事務官たちを引き連れて部屋を出て行く。

「総理」

沖が手を上げた。

「ご報告がもうひとつ――。海上自衛隊は、小笠原《おがさわら》諸島南西海域で訓練中の、第5護衛隊群を急遽《きゆうきよ》初島に向かわせました」

「第5護衛隊群……」

石渡が垂水に目を向ける。

「『いぶき』か」

呻くように垂水はつぶやいた。

――よりによって、いきなり『いぶき』の出動とは……。再び嵐《あらし》のような議論が巻き起こるのは間違いない。

『いぶき』の建造は、垂水にとって悲願だった。日本近海における領土・主権を巡る緊張が高まる中、国防のために空母はどうしても必要だと確信していた。

しかし、日本が空母を持つことの是非は、国論を二分する大きな問題となった。

野党は、攻撃型の空母建造は憲法違反であるとして政府を責め立てた。国会前では、一週間以上にわたって数万人規模の反戦デモも行なわれた。しかし、垂水は、『いぶき』は防衛のためのものであり、自衛の手段だと言い続けた。

――六千八百もの島々を持つ我が国にとって、制空権確保のために『いぶき』を持つことは、決して専守防衛を逸脱するものではありません。必ずや国民の期待に応《こた》え得ると確信しています。

国会でも、各メディアのインタビューでも、垂水は、そう答え続けた。

周辺国の反応は、想定していた通りだった。「日本は再び軍事大国への道を選択した」という論調がほとんどで、好意的に受け止めているのは、米国などわずかな国だけだった。

垂水は、ディスプレイに目を向けた。『いぶき』を旗艦とする第5護衛隊群の現在位置を、緑色の光点が示している。海上を進む艦隊の姿が頭に浮かんだ。

――武力を行使するような事態にはならないように……。

垂水は、心の中で祈った。

3

第5護衛隊群は、初島に向けて進行していた。

艦隊の中央には、旗艦である『いぶき』。『いぶき』の四方を固めるのは、高度な情報処理・射撃システムを備えたイージスミサイル護衛艦『あしたか』と『いそかぜ』、そして汎用《はんよう》護衛艦『はつゆき』と『しらゆき』の四艦。その五艦の前を行くのが、潜水艦『はやしお』だ。

以上の六艦が第5護衛隊群を構成している。

『いぶき』の副長兼航海長・新波歳也《にいなみとしや》二佐は、海上警備行動の発令を受け、艦内を巡回していた。艦には七百名を超える隊員が乗船している。突然の任務変更に、隊員たちの様子が気になっていたのだが、動揺したり興奮したりしている者の姿はなく、いつも通り淡々と自分の仕事をこなしてくれていた。それを見て新波は安堵《あんど》した。

最後に、格納庫に足を踏み入れた。最新鋭ステルス戦闘機『F36J』が、整然と並んでいる。

ここに来ると、『いぶき』は確かに空母であると実感する。いくら政治家が攻撃のためではないと言い張っても、最新鋭戦闘機を搭載し、機の発艦を容易にするために艦首がスキーのジャンプ台のように跳ね上がっている構造は、この艦が攻撃力を秘めていることを証明している。

しかし、それが攻撃型であるか防御型であるかという議論には、それほど意味はないと新波は思っている。一番の問題は、それを運用する人間の側にある。

一番手前の戦闘機のコクピットに人影が見えた。それが誰なのかは、すぐにわかった。

人影も新波に気づいたらしく、装着していたヘルメットを脱いだ。操縦席を覆っているキャノピーが開く。

『いぶき』艦長・秋津《あきつ》竜太《りようた》一佐。元戦闘機パイロットだった秋津は、ときどき機のコクピットに籠《こも》ることがある。ひとりきりになって考えを巡らせるには最適の場所らしい。

「巡回は終わったのか？」

戦闘機を降りると、新波に尋《たず》ねた。

「はい。異常ありません。隊員たちも冷静です」

「そうか」

わずかに口許《くちもと》をほころばせると、秋津は先に立って歩き出した。半歩遅れて新波が続く。

格納庫を出ると、二人は『いぶき』のCIC（Combat Information Center――戦闘指揮所）に向かった。

CICは、海上を見渡すことができる艦橋ではなく、最も戦闘被害を受けにくい艦の内部にある。所狭しと配置されたディスプレイから発せられる光が、密閉された薄暗い空間の中にいる二十名あまりの自衛官たちの顔を、青白く照らし出している。

その中央にある海図台を、第5護衛隊群の司令官である湧井《わくい》海将補と、砲雷長の葛城《かつらぎ》三佐、船務長の中根《なかね》三佐が囲んでいた。

「防衛出動ではなく、海上警備行動ですか」

湧井に近づきながら、秋津が確認する。

海上保安庁の巡視船がいきなり銃撃を受け、保安官が人質にとられていることから、もしかしたら防衛出動命令に切り替わるかもしれないと新波も思っていた。

しかし湧井は、

「相手がどこかわからんのじゃなあ」

飄々《ひょうひょう》とした口調でそう答えると、

「防衛出動はハードルが高い」

言いながらわずかに眉《まゆ》をひそめた。

「東亜連邦なら、半島経由で流出した兵器や人員を相当ため込んでます」

新波が続ける。

「昔は米軍の駐留先でしたから、軍の運用も洗練されてる。我々が出てくることを読んでいるとすれば――」

「間違いなく読んでいます」

新波が言い終わる前に秋津は言った。

「日本に斬《き》り込んでくるのであれば、『いぶき』の戦力データは喉《のど》から手が出るほど欲しいでしょう。必ず我々を叩《たた》きにきます。現場海域の航空優勢の確保が第一です」

新波は小さくうなずいた。

相手の真の機動力を知るためには、軍事行動を起こすしかない。確かに、敵が先制攻撃を仕掛けてくる可能性は高い。

「いや……、それにしても……」

湧井が頭を掻《か》く。

「やっかいなときにお客さん、乗せちゃったたな」

新波もずっと気がかりだった。今、この艦には、当初予定されていた訓練の取材のために、二人のジャーナリストが乗り込んでいるのだ。民間人を戦闘に巻き込むわけにはいかない。

4

ネットのニュースサイト「P-Panel」の記者・本多裕子《ほんだゆうこ》は、『いぶき』の士官予備室にいた。取材中はこの部屋を自由に使っていいと言われている。

テーブルに置いたノートパソコンの画面には、昨日艦橋でインタビューした秋津の姿が映っている。

〈秋津艦長は、元々航空自衛隊のエースパイロットだったんですよね〉

裕子の質問に、

〈戦闘機乗りだったことは事実です〉

秋津が答える。表情はおだやかだが、口調はそっけない。

〈では何故《なぜ》、空母の艦長になられたんですか?〉

〈空母の艦長には空軍パイロットを据えるという、米軍の伝統に倣ったということでしょう〉

〈でも、空母は戦略兵器ですから、専守防衛と矛盾するという意見についてはどう思

われますか？　日本に『いぶき』は必要なんでしょうか〉

〈それは、私がお答えすべきことではありません〉

〈是非、艦長としての考えを聞かせてください〉

〈私がお答えすべきことではありません〉

秋津はそっぽを向いた。それきり、質問には二度と言葉を返してくれなかった。

「あ、早いな」

背後からの声に振り返ると、「東邦新聞」のベテラン記者・田中俊一《たなかしゆんいち》が、洗面具を手に士官予備室に入ってくるところだった。寝起きのままなのか髪はボサボサで、着ているTシャツの首回りもよれよれに伸び切っている。数々のスクープをモノにしてきた敏腕記者らしいが、容貌《ようぼう》だけでは、冴《さ》えない中年のおじさんにしか見えない。

裕子と田中は、取材に応募した百社を超えるメディアの中から、厳正な抽選を経て選ばれていた。

「おはようございます」

裕子が頭を下げると、

「おはよう」

田中も、愛想よく挨拶《あいさつ》を返してくれる。

「朝ごはんの前からそんなに働かれちゃ、ますますネットと差がついちゃうなあ」

「天下の東邦新聞さんが何をおっしゃいます」

裕子は笑顔を向けた。

「これ、昨日のインタビュー？」

裕子のパソコンの画面に目をとめて、田中が聞く。

「ええ。でも、取り付く島もないっていうか……」

裕子はため息をついた。

「まあ、就航前から、さんざん物議をかもした艦《ふね》だからねえ」

「だから私たちに取材させて、国民に理解してもらいたいんですよね」

「だろうね」

田中がうなずく。

「なのに、艦長さん、協力しようって気が全然ないんだから。副長さんは親切なんだけど」

「あの二人ね、防衛大学の同期で、トップを争ったんだって」

田中は、隣の椅子《いす》に腰を下ろした。

「へえ……」

二人が同期だということは、裕子もプロフィールを見て知っていた。でも、トップを争っていたということまでは知らなかった。さすが敏腕記者だ。

「二人同時にアメリカのノーフォークで研修を受けて……、帰国したらどっちかが『いぶき』の艦長になるだろうって言われてたんだけど……」

「空自の自衛官が海自に異動してきて、いきなり空母の艦長って……、どうなんですか？　秋津艦長は、米軍の伝統に倣ったんだろうって言ってましたけど」

「空母は戦闘機も搭載してるわけで、いわば空海混合だからね、空自出身者が艦長になってもおかしくはないんだけど、海自からの風当たりは強かったと思うよ。まあ、それだけ秋津さんが優秀だったってことだろうけどさ。でも、新波さんにしてみれば面白い話じゃないよね。だから、まあ……、色々あるんじゃないかなあ」

「そうなんだ」

裕子は、パソコンに目を向けた。静止した画面に秋津の顔が映っている。

——なんとか秋津の本心を聞いてみたい。

そう思ってパソコンを閉じたとき、士官予備室のドアがノックされた。

入ってきたのは、海上幕僚監部広報室員の井上《いのうえ》三佐と、助手の横山《よこやま》三尉だ。横山は、二組のライフジャケットを手にしている。

「お知らせがあります」

微笑《ほほえ》みながらも、いくらか緊張した声音で井上が告げる。

「海上警備行動が発令されました」

「ええっ！」

驚きの声を上げながら、田中は立ち上がった。しかし、裕子はいまひとつピンとこない。

「ええっと……、海上警備行動って、なんでしたっけ」

「海上の治安維持のために自衛隊が出動することだよ。自衛隊創設以来、まだ三回しか発令されたことがないはずだ。だよね？　井上さん」

「さすがですね、田中記者。自衛隊のこと、よくわかってらっしゃる」

苦笑しながら井上が答える。

「それよりさ、何が起こってんの？」

「それはおいおい、ちゃんと説明しますから」

「海上警備行動にぶち当たるなんて、こんなラッキーなことはないよ」

興奮した様子で、田中が裕子に声をかける。

「はあ……」

裕子は生返事しかできない。何が起きているのか、これから何が起きようとしているのか、まるで見当がつかない。

「まさか、取材中止なんて言わないでくれよ」

田中は、今度は井上に顔を向けた。

「ものすごい倍率の中からせっかく選ばれてきてんだからさ、取材中止だけは勘弁してよ」

「申し訳ありません」

困ったような表情で、井上が頭を下げる。

「訓練航海ではなくなりましたので、なるべくこの士官予備室から出ないようにしてください。今からライフジャケットを着けてもらいます。絶対に脱がないように」

「それって、結構緊迫した状況になってるってことだよね」

「それも、おいおい説明を——」

「取材は？」

「当分は難しいですね」

「ええーっ！」

田中は、思い切り顔をしかめた。

ことの重大さに、裕子はようやく気づいた。自分はとんでもないところに来てしまったのかもしれない。

Ⅱ　開戦

1

――十二月二十三日　午前八時二十三分

〈『フリッパー1《ワン》』から『いぶき』CIC〉

スピーカーからの声が、CIC内に響いた。艦隊の先を飛んでいる哨戒《しょうかい》ヘリコプター『SH60K』からだ。

〈針路上に漁船。救助要請を出しています〉

「『フリッパー1』、こちらCIC」

新波が応える。

「救助要請とは、どこの船だ」

〈確認できません〉

――確認できない?

おかしい、とすぐに新波は思った。しかも、このタイミングで。

「初島の上陸と関係があるのか?」

湧井も同じように思ったのだろう、険しい表情でつぶやく。

――何か目的があって、こちらを誘導しようとしているとしたら……。

しかし、新波が口を開くより早く、

「群司令!」

秋津が声を上げた。彼も気づいたのだ。

「対潜警戒を!」

――潜水艦による待ち伏せ。

新波は息を呑んだ。秋津の表情は変わらない。

〈CIC!〉

『フリッパー1』からの、緊迫した声が響く。

〈ミサイル発射音探知! 潜水艦です。艦隊前方15マイル。10時の方向!〉

「いきなり射《う》ってきた!?」

新波は顔を歪《ゆが》めた。

「なんだと」

湧井も驚きを隠せない。

「ミサイル、きます！」

目の前のディスプレイを睨《にら》みつけながら、射撃管制員・佐久間《さくま》が大声で報告する。

「十二発！」

緊張に声が上ずっている。

――十二発だと。

新波は目を剝《む》いた。

敵潜水艦の発射した対艦ミサイルが、水柱を巻き上げ次々と海面から飛び出した。白煙を吐きながら上空に向かった十二発は、今度は海上の標的めがけて一斉に方向を変えた。

その先には『いぶき』がいる。

「『あしたか』、ミサイル迎撃！」

新波が命じる。

「間に合わない！」

秋津が遮る。

確かに、いかに高性能を誇るイージスミサイル艦でも、この近距離では迎撃は難しい。

「砲雷長、チャフ発射！　ＣＩＷＳ《シウス》で対応！」

なんの迷いもなく、秋津は命じた。

砲雷長は、艦に搭載された兵器全般の責任者だ。電波を反射する金属箔《はく》チャフを空中の散布すれば、敵のレーダーを妨害してミサイルの目標が狂う。その隙をついて、ミサイルや戦闘機を至近距離で迎撃する20ミリ機関砲ＣＩＷＳ（Close In Weapon System）で撃ち落とそうというのだ。

「対空戦闘！　ＣＩＷＳ攻撃始め！　チャフ、発射！」

砲雷長の葛城が命じる。

『いぶき』甲板のランチャーから、銀色に光る無数の金属箔が噴き上がった。それは、雲が湧《わ》き上がるように広がり、艦の前方を覆った。

ミサイルが向かってくる方角に、20ミリ機関砲の砲塔が旋回する。

ディスプレイには、十二のマーカーが浮かんでいる。全《すべ》てが『いぶき』に向かって急接近している。

「目標、距離２５００。まもなくＣＩＷＳの射程内です」

葛城の声が強張る。

新波も、湧井も、秋津も、息を詰めるようにしてディスプレイを見つめている。

「(射)てえーっ!」

葛城は命じた。「射」は声に出さないのが、旧軍から自衛隊に続く伝統だ。

CIWSの20ミリ機関砲が火を噴いた。

発砲音を海上に轟かせながら、迫りくるミサイルに砲弾が向かう。

ドン、ドン、ドン——という爆発音と共に、空中で真っ赤な炎が上がった。ミサイルの破片が粉々になって宙を舞う。

炎の幕を突き破るようにして、一発のミサイルが飛び出してきた。


「ミサイル一発、きます!」

佐久間が大声で告げる。

秋津は、頭上にあるマイクのスイッチを入れた。

「総員衝撃に備え!」

その声が、スピーカーを通して『いぶき』の艦内全域に響き渡る。

それは、士官予備室にいる裕子と田中の耳にも届いた。

二人は、ぎょっとした表情で顔を見合わせた。

次の瞬間、耳をつんざく爆発音と共に、『いぶき』の甲板にミサイルが着弾した。

艦全体を大きく揺さぶる衝撃で、裕子と田中の身体《からだ》は床に叩きつけられた。

CIC内部も激しい揺れに見舞われた。

湧井は椅子から吹っ飛ばされ、左の側頭部を背後の計器盤に打ちつけた。そのまま床に崩れ落ちる。

「群司令！」

なんとか転倒を免れた新波が、湧井を抱え上げる。

そのとき——、

〈こちら応急長！〉

スピーカーから叫ぶような声が聞こえた。その背後では、〈放水！〉〈延焼防げ！〉〈応援呼べ！〉というような怒号が飛び交っている。

〈甲板後方に被弾！　穴開きました！　航空機用エレベーター電気系統被害！　二基とも動きません！〉

新波は眉をひそめた。被害は予想以上に大きそうだ。

「修理にどれぐらいかかる？」

すかさず秋津が聞く。

〈二十四時間、いえ、急いで二十時間〉

「十二時間で頼む」

淡々とした口調で命じると、秋津は薄く目を閉じた。

「それまでは、艦載機は出せんか……」

ようやく椅子に腰を下ろした湧井が漏らす。

エレベーターが動かないということは、格納庫にある戦闘機を甲板まで上げられないということだ。敵戦闘機が飛んできても、空で迎え撃つことができない。制空権を完全に失うことになる。

いつもは冷静な秋津も、さすがにこれまで見たことがないほど険しい表情になっている。

裕子と田中は、床に這《は》いつくばっていた。

「なんだよ、今の……」

うつ伏せになっている田中が、顔だけ上げてつぶやく。

士官予備室の外から叫び交わす声が聞こえてきた。ウィン、ウィン——という、警報音も鳴り続いている。

よろけながら立ち上がると、裕子はドアを開けた。そして、その場に呆然《ぼうぜん》と立ち尽くした。血塗《ちまみ》れの隊員が、仲間に肩を借りたり担架に載せられたりして運ばれていた。

「しっかりしろ！　食堂へ！　慌てるな！」

隊員のひとりが殺気立った声で命じる。

虚《うつ》ろな目をしてよろけながら歩いている隊員がいた。頭から血を流しながら、床に座り込んでいる隊員もいる。

そこに、井上が駆けつけてきた。

「怪我《けが》はありませんか⁉」

ドアの前に立つ裕子と田中に向かって尋ねる。

「ああ、なんとか……」

田中が答えると、井上は小さく安堵の息をついた。

「何が起こってるんですか？」

今度は、裕子が井上に聞いた。

「大丈夫です」

質問には答えず、井上は、二人を部屋の中に押し戻した。

「部屋にいていただければ安全ですからね。さあ、入って、入って」

目の前でドアが閉められる。

それまで経験したことのない恐怖が、胸の奥から湧き上がってきた。叫び出したい衝動を、裕子はなんとか堪《こら》えていた。

2

「今回の件については、関係各国とも一切の関与を否定している。東亜連邦とは正式な外交窓口がないため、第三国を通じて接触を続けているが……」

首相官邸地下の危機管理センターでは、苦々しい顔つきで城山が報告していた。

「総理――」

城山が、垂水に真《ま》っ直《す》ぐ視線を向ける。

「我が国は侵略を受けている。断固たる手段をとるべきではないか」

まだ早い――、と垂水は思った。死者が出ているわけではないし、敵の正体もまだわからない。

防衛出動は時期尚早だ、と城山にひとこと釘《くぎ》を刺そうとしたとき――、

「『いぶき』が、潜水艦の攻撃を受けました！」

緊迫した声が危機管理センターにこだました。防衛省直通の電話を受けていた事務

官からだった。

事務官がパソコンを操作する。垂水以下、室内の全員がディスプレイに目を向ける。

画面に、上空から『いぶき』を捉《とら》えた映像が映し出された。甲板から煙が上がっている。

「やられてるじゃないか！」

城山が吠《ほ》えた。

「総理！ これはすでに防衛出動のレベルではないのか！」

「『いぶき』を攻撃した潜水艦は、現場海域を離脱しました」

続けて事務官が報告する。

「新たに機動部隊が波留間群島海域に接近中！」

「機動部隊？」

防衛大臣の沖が聞き返す。

「空母『グルシャ』を主力とする東亜連邦の北方艦隊です」

垂水は、音を立てて空唾《からつば》を呑み込んだ。

――これは、下手をすれば本当に戦争になる。

「やはり東亜連邦じゃないか！」

城山がテーブルを叩く。

「総理、防衛出動だ！」

垂水は椅子を回転させ、他のメンバーに背を向けた。

防衛出動が現実味を帯びてきた。

垂水は目を閉じ、唇を嚙みしめた。

3

「空母が出てきたか」

呻くようにして湧井は漏らした。

「見た目は旧共産圏のお古ですが、中身はアップデートされてます」

新波が付け加える。

「何機載ってる？」

「『ミグ35』が六十機」

これにには秋津が答えた。

『ミグ35』はロシアが開発した戦闘機だ。性能は艦載機の『F36J』のほうが上だが、こっちは十五機しかない。しかも、今は発艦できない状況にある。

「やっかいだな」

湧井はため息をついた。

「群司令」

新波が言葉を挟む。

「記者たちは、南下中の補給艦にヘリで移送します」

これ以上民間人を艦に留《とど》まらせるわけにはいかない。

「ああ、そのほうがいい」

湧井も同意した。

秋津は口を開かなかった。ただじっと、目の前のディスプレイに目を落としていた。

心臓はまだ激しく胸を打っていたが、叫び出したいほどの恐怖はすでに去っていた。

裕子は、いくらか落ち着きを取り戻していた。

ふと思い出して、自分のバッグを開けた。中に手を突っ込み、一番底に入れていた分厚い携帯電話を取り出す。

「ああ……、衛星携帯？」

それを見て、田中は目を細めた。

「海の上じゃスマホ使えないからって、持たされたんですけど……」

衛星携帯を渡してくれた女性の顔が浮かんだ。『いぶき』の取材を裕子に強く勧めてくれた「P-Panel」のプロデューサーだ。ただし、まだ一度も使っていない。許可なしに艦内から情報は送れないことになっているのだ。

「それ、勝手に使わないほうがいいよ」

「そうですよね」

田中の言葉に、裕子はうなずいた。

今情報を送れば、大変なスクープになる。しかし、すぐに衛星携帯は取り上げられ、二度と使えなくなってしまうだろう。

裕子は、衛星携帯を再びバッグの底にしまった。

4

――十二月二十三日　午前九時

黒いジャケットに黒のタイトスカートで身を固めた「P-Panel」のプロデューサー・晒谷《さらしや》桂子《けいこ》は、近くのカフェでテイクアウトしたコーヒーを片手にオフィスに入った。ほとんどのスタッフは、すでに自分のデスクでパソコンを操作している。

「おはよう！」

デスクの間の狭い通路を歩きながら声をかけると、オフィスのあちこちから「おはようございます」と挨拶が返ってきた。しかし、パソコンを操作する手を止めているスタッフはいない。

窓際の自分のデスクにバッグを置いたとき、

「晒谷さん」

パソコンの画面を見ていたディレクターの藤堂《とうどう》一馬《かずま》に呼ばれた。天然パーマのモジャモジャ頭に無精髭《ぶしょうひげ》を生やし、青いデニムのシャツにジーンズという格好だ。

「なに？」

コーヒーを口にしながら、桂子は、藤堂のデスクに歩み寄った。

「ちょっと前に、こんな投稿が入ったんですけど」

「ん？　なに？」

藤堂の後ろからパソコンの画面を覗《のぞ》き込む。

かなり遠方から撮影したものらしい。白煙を引きながら航行中の船が小さく映っていた。大型船舶のように見える。

「なんか燃えてんの？」

「それが……、海上保安庁に問い合わせてみても、大型船舶の火災や事故の情報は入ってないんですよね」

「場所とか、わかる？」

「位置情報がありますね。小笠原諸島の西のほう、四百キロぐらいですかね」

「拡大」

桂子が命じると、藤堂は、手慣れた様子でパソコンを操作した。

不鮮明ながら、艦首近くに白い数字が見えてくる。

「ん？」

桂子は、さらに画面に顔を近づけた。

「1……、9……、2……？」

藤堂がその数字を読み上げたとき、どこからか「あれえ……」というのんびりした声が聞こえた。

振り返ると、通路を隔てて斜め後ろのデスクから、ADの吉岡真奈《よしおかまな》が首を伸ばしていた。金色に染めた頭に紺色のニット帽を被り、赤紫色のパーカーを身に着けている。

「またやるんですか？」

あきれたような顔で、藤堂のデスクに近づく。

「藤堂さん、フネ、好きですもんね」

藤堂は船舶オタクなのだ。特に戦艦が好きで、裕子が取材に出かける前には、熱心にレクチャーしていた。

「またやるって？」

藤堂が聞き返すと、

「『いぶき』でしょ？　この前、海上自衛隊特集でやったじゃないですか」

もう忘れたのか？　――という顔つきで真奈が答える。

まだピンときていない桂子と藤堂のために、真奈は、自分のデスクに引き返して、ブックエンドから海上自衛隊のムック本を引き抜いた。資料に使った本だ。

ページを広げながら真奈は藤堂のデスクに歩み寄り、「ほら」と二人の前に掲げた。

艦首近くに数字が記されている。

「ＤＤＶ１９２。『いぶき』ですよ」

藤堂と桂子が、本と画面の艦を見比べる。

「げげ……」

「あらら……」

二人は、同時に驚きの声を上げた。

「あ、今、乗ってるんですよね」

言いながら、真奈は、自分の隣にある裕子のデスクを振り返った。片づけられたデスクには『いぶき』の模型が置かれ、その上に笑顔の裕子の写真が載っている。写真の上にはマジックで『取材中』と書かれている。

「乗ってるねえ、ちょうど……」

藤堂は、唖然《あぜん》とした顔つきで模型の上の裕子の写真を見た。

桂子が、もう一度パソコンの画面に目を向ける。

――いったい、何が起きてるの……？

白煙を上げる空母のどこかにいる裕子に向かって、桂子は心の中で問いかけた。

5

首相官邸の執務室で、ホットラインを使い、垂水は、ホワイトハウスに電話をかけていた。

すでに状況は伝わっているはずだが、米国側の反応は鈍い。

しばらく待たされたあと、電話には副大統領のベイツが出た。今は、大統領は電話に出ることができないという。

「Mr. Vice-President.（副大統領）」

苛立《いらだ》ちを必死で抑えながら、垂水は話し始めた。

「Regarding the unjustified invasion at this time, we're going to immediately recapture our territory.（今回の不当な侵略行為に対して、我が国は速やかに国土を奪回するつもりです）」

黙って話を聞いていたベイツは、

〈I have a message from the President who is currently attending the U.S.-China-Russia Summit Meeting. He expects your response in a strictly self-restrained manner.（米中露首脳会談に出席中の大統領から伝言をお伝えします。くれぐれも自制的な対応を心がけてもらいたいとのことです）〉

まるで他人事《ひとごと》のような淡々とした口調でそれだけを告げた。

「Of course.（もちろんです）」

垂水の苛立ちが増す。

「But we may ask your cooperation as allies.（ただ、同盟国として貴国のお力をお借りすることになるかもしれません）」

〈I'll deliver that message to the President. We wish you good luck.（大統領に伝えます。では、幸運を祈ります）〉

そこで、電話は切れた。

あまりにもそっけないベイツの態度に、受話器を手にしたまま垂水は舌打ちした。

「幸運を祈るだとさ」

デスクの向こうに立つ石渡を見上げる。

「すぐにアメリカが出てくることはなさそうですね」

石渡もあきらめ顔だ。

「なるべくなら関《かか》わり合いになりたくないってことでしょう。特に、今は」

「米中露首脳会談の最中だからか」

「まあ、その席でも、この件は当然話し合われるでしょうが……」

――三国はお互いをけん制し合っている。そんな中で、米国が単独で動くのは難しいか……。

防衛出動発令の可能性がいよいよ高まっている。

椅子の背にもたれると、垂水は、大きく一度深呼吸した。

6

〈ソノブイ・コンタクト！〉

哨戒ヘリからの音声が、『いぶき』ＣＩＣに届いた。ソノブイは、対潜水艦用の音響捜索機器だ。

〈潜水艦です。艦隊前方20マイル。深度３２０〉

湧井、新波、秋津他、ＣＩＣ内にいる全員に緊張が走った。

ディスプレイに、敵潜水艦を示すマーカーが浮かぶ。

「識別信号に応答なし！」

ソナー員・畑中《はたなか》の報告に、新波は眉間《みけん》に皺《しわ》を寄せた。

「群司令。東亜連邦の潜水艦です。波留間への針路上です」

「しかし、何故我々の正面に？　しかも、探知してくれと言わんばかりの深度で……」

畑中が微《かす》かに首を傾《かし》げる。

目を細めて、湧井がディスプレイに視線を落とす。

「直進すれば射ってくるか」

「その場合こちらも、応戦は避けられません。迂回《うかい》すべきです」

湧井に向けて新波が訴える。

「いや」

新波の提案を、即座に秋津が否定した。

「直進すべきです」

湧井に向かって進言する。

「本作戦は時間との闘いでもあります。敵の防御体制が整えば、初島奪還も海上保安官の救出も、より難しくなります」

「うん」

湧井が小さくうなずく。

「しかし、それでは――」

戦死者が出かねない、と新波が続けようとする前に、

「脅しに負けて屈するか、それとも闘う姿勢をとるか」

秋津が割って入った。

「試されているのは、我々の覚悟だ」

新波は秋津に視線を向けた。秋津もまた、新波を真っ直ぐ見つめている。二人の視線が宙でぶつかった。

他の隊員たちは、息を詰めてこの行く末に全神経を研ぎ澄ましている。

「お二方、意見具申は以上か？」

新波と秋津に順に目を向けながら、湧井は聞いた。

「はい」

二人が同時にうなずく。

「よかろう。直進だ」

きっぱりと湧井は言った。


〈総員、戦闘配置！〉

士官予備室に、緊迫した声が響いた。

裕子と田中は、天井近くにあるスピーカーを見上げた。

〈繰り返す。総員、戦闘配置！〉

「戦闘って……、いったい、何と戦うんだ？」

パソコンで記事を書いていた田中が、手を止めてつぶやく。

消えかけていた恐怖が甦《よみがえ》った。全身から血の気が引いていくのを、裕子は感じた。


「最大戦速！『いぶき』の前に出るぞ」

イージスミサイル艦『あしたか』のＣＩＣでは、直進の指令を受けた艦長の浦田《うらた》が命じた。

「イージス」とは、元々、ギリシア神話で女神アテナが手にしていた盾のことをいう。

『あしたか』は、身をもって『いぶき』の盾になろうとしていた。

「砲雷長！　対潜戦闘用意！」

「対潜ミサイル発射用意！」

浦田の命令に、砲雷長の山本《やまもと》が応える。

山本の反応を聞いて、浦田は覚悟を固めた。——戦闘が始まる。

ほんの一瞬、自宅で自分を待つ家族の顔が浮かんだ。

海中では、潜水艦『はやしお』が、敵潜水艦の前方に向かっていた。

発令所の狭い空間には、ピリピリした緊張感が漂っていた。どの隊員の額にも脂汗が滲《にじ》んでいる。

「魚雷発射管、開口音！」

ヘッドホンをつけたソナー員・鈴木《すずき》が、艦長の滝《たき》一佐に向かって報告した。

発射管を開いたということは、敵潜水艦は、いつでも魚雷を撃てる状態になったということだ。

「ここでやり合おうってのかい……」

周りを囲んでいる隊員たちが、一斉に滝を振り返る。

「ならば、お相手しよう」

滝は、発射管の開口を命じた。

「敵潜水艦と『はやしお』、双方とも魚雷発射管を開いたか」

険しい表情で、湧井は腕を組んだ。

『いぶき』CICでは、湧井と新波が計器盤の前に並んで座り、秋津は二人の背後に立っている。

「秋津艦長、判断はどうか？」

湧井は秋津を振り返った。

「敵は銃の引き金に指をかけました」

淡々とした口調で秋津が話し始める。

「洋上の我々は魚雷を回避できても、海中で近距離で対峙《たいじ》している『はやしお』は危険です。やらなければやられる。状況は、攻撃要件を満たしているものと考えます」

「我々の任務は海上警備行動です」

新波が口を挟んだ。

「正当防衛と緊急避難以外、攻撃はできません」

「事態はすでに、『急迫不正の侵害』にあたることは明白です」

すかさず秋津が反論する。

――だから、先制攻撃は認められるというのか？

新波は、湧井に向かって身を乗り出した。

「仕掛ければ――、戦闘になります」

「これは、我々が越えなければならないハードルです」

秋津も譲らない。

「距離2マイル。目標直上まで二分！」

ソナー員・畑中が報告する。

我々に探知されているのをわかった上で、敵潜水艦はじっと動かない。戦闘になった場合、こちらにも被害が出る可能性はあるが、敵潜水艦は確実に撃沈される。自ら犠牲になる覚悟ができているということか。

「群司令、攻撃命令を」

秋津は重ねて進言した。

湧井は、計器盤の一点を見つめたまま動かない。

新波は、もう声はかけなかった。湧井の判断を待った。

やがて、ひとつ小さく息をつくと、湧井は、秋津に視線を向けた。

「敵潜水艦を沈めれば、初島の海保隊員たちの安全に影響を与えるだけではなく、敵に新たな攻撃の口実を与えることになる」

「『はやしお』は人柱になれと？」

わずかに秋津の眉が上がる。

「そうは言ってはおらん。滝艦長以下、隊員たちの操艦技量を信じよう。な？」

滝はベテラン艦長だ。その下で厳しい訓練を受けてきた隊員たちの技量にも不安はない。彼らなら、被弾を回避できるかもしれない。

「敵が射つまでは、一発も射ってはならん。攻撃態勢を維持したまま、直進しろ！」

ＣＩＣ内に響き渡る大声で、湧井は命じた。

秋津は、すぐさま頭上のマイクのスイッチを入れた。

「攻撃態勢を維持。このまま直進！」

強い口調で命じる。

隊員がそれぞれ自分の前にある計器に向き直ったとき――、

突然、湧井が椅子から崩れ落ちた。

「群司令！」

新波と秋津が、左右から同時に湧井を抱え込む。左耳から血が流れ出している。

敵のミサイル攻撃を受けたとき、湧井は、計器盤に左側頭部を打ちつけている。おそらく、そのとき負った怪我だ。

「群司令を医務室へ！」

秋津が叫ぶ。

すぐに担架が運び込まれた。

その間にも、敵潜水艦との距離は縮まっている。

「目標直上まで、一分！」

畑中が大声で報告した。


海中では、魚雷の発射口を開いたまま、敵潜水艦がじっと睨みを利かせていた。その正面に、潜水艦『はやしお』が対峙している。

海上では、『あしたか』を先頭に、第5護衛隊群が進む。


「直上まで十五秒」

静まり返った『いぶき』ＣＩＣに畑中の声が響く。

「十秒」

言葉を発する者は誰もいない。何が起きるのか、隊員全員が息を殺して待った。

「五秒」

敵潜水艦は動かない。

魚雷も発射されない。

「敵艦直上、通過します！」

新波は、思わず自分の足元に視線を落とした。この真下に敵がいる。

さらに十秒が過ぎ――、一分が過ぎた。

何も起こらなかった。

7

「射ってこなかった?」

石渡の声が、廊下でひとりたたずんでいた垂水の耳にも届いた。

危機管理センターの室内がどよめいている。垂水は、足早に会議室に戻った。

「艦隊は、攻撃予想ラインを突破しました」

防衛大臣の沖が話している。

「敵潜水艦は針路を北東にとり、離脱したとのことです。今後何事もなければ、『いぶき』は、予定通り二十四時には波留間海域に到着します」

「よくやってくれました」

沖の周りに集まっている閣僚たちに向かって、垂水は言った。

「ええ、本当に」

石渡が言葉を継ぐ。

「我が国の防衛の本質を、逃げることなく示してくれた」

「そら、結果論だよ！」

吐き捨てたのは城山だ。

「もし敵が撃っていたら、今頃《いまごろ》……」

あとの言葉を呑み込むと、垂水に歩み寄る。

「総理――。ただちに防衛出動を発令して、攻撃すべきではなかったのか」

――また防衛出動か……。

垂水は眉をひそめた。

城山は、なんとしても自衛隊に武力を行使させたいようだ。しかし、その自衛隊は、ぎりぎりのところで踏みとどまってくれている。

数度会っただけだが、司令官の湧井は信頼できる人物だと感じた。彼の存在が大きいのかもしれない。

「なお、湧井群司令が重傷を負い、任務を離れました」

「なに!?」

沖の報告に、垂水は目を見開いた。

「任務を離れた――、ということは……、今後の指揮は誰が執る」

「『いぶき』艦長、秋津一佐に指揮権が移ることになります」

「秋津……」

忘れられない名前だった。

垂水の脳裏に、『いぶき』艦内で行なわれた半年前の壮行会での出来事が甦る——。

壮行会には、政府、防衛省高官、各国大使、さらに主要なマスコミ各社も招待され、会場となった格納庫は、二百名近い出席者で埋まっていた。

スピーチを終え、ひな壇を降りた垂水に、第5護衛隊群の司令官・湧井が歩み寄った。左右に二人の自衛官を従えている。湧井は、二人を、艦長の秋津一佐と副長の新波二佐と紹介した。

垂水は、湧井とはそれまでも何度か言葉を交わしたことがあったが、秋津と新波とは初めての顔合わせだった。

「大任を拝命しました、秋津です」

端正な顔をした男が、一歩前へ進み出る。

「最年少の一佐昇格だそうですね」

秋津の噂《うわさ》は垂水の耳にも届いていた。

「空自から海自への転属は大変だったでしょうが、もう慣れましたか？」

「人間は、新しいおもちゃを手にすると、使ってみたくなるものです」

垂水の質問には答えず、秋津は言った。

「それを手にする者の強い心構えが問われると思っております」

秋津は、涼しげな表情で、じっと垂水の顔を見つめている。

――血税三千億を投じた艦《ふね》を「おもちゃ」とは……。

垂水はそのとき唖然とし、次に苦笑した。

――あれから半年。あの秋津が、第5護衛隊群の指揮を……。

会議室の椅子に腰を下ろすと、垂水はため息を漏らした。

8

湧井は、『いぶき』の医務室で左耳にガーゼをあてられてベッドに横たわっていた。ガーゼには血が滲んでいる。

「耳をやられたようでね。世界がグルグル回って困っとる」

ベッド脇《わき》に立つ秋津と新波を見上げると、湧井は口許に微かに笑みを浮かべた。

「このタイミングでの戦線離脱は、司令官として忸怩《じくじ》たる思いがあるが、この状態ではどうしようもない」

笑みが消え、口許が引き締まる。

「秋津一佐。第5護衛隊群の指揮権を、貴官に委譲する」

「はっ」

秋津が敬礼する。

その横で、新波は拳《こぶし》を握りしめた。

――この男に、艦隊の、いや、日本の命運が委《ゆだ》ねられた。

危険だ、と思った。敵潜水艦上を直進することだけでなく、秋津は、先制攻撃まで進言したのだ。

――もしかしたら、この男が戦争への引き金を引くことになるかもしれない。

新波は医務室を出ると、先を歩く秋津を「艦長」と呼び止めた。

立ち止まり、秋津が振り返る。通路に、他に人影はない。

「ひとつだけ、聞いておきたいことがある」

近くに隊員がいるときには敬語を使わなければならないが、今は二人きりだ。防大の同期として話したかった。

「なんだ」

秋津が真っ直ぐ視線を向ける。

二人は、一メートルの距離で対峙した。

「今度同じ状況になったら、先制攻撃を仕掛けるつもりか？」

わずかに目を細めると、

「敵は、次は必ず射ってくる」

秋津は断言した。

「我々は、否応《いやおう》なくハードルを越えなければならない」

――ハードル？

「そのハードルとはなんだ」

「我が国の主権を侵そうとするものに対して、正面から立ち向かう覚悟だ。だから逃げずに、国を守る意思と力を見せる」

「確実に戦死者が出るぞ。創設以来、ひとりも戦闘での死者を出したことがないのが、我々自衛隊の誇りだったはずだ」

「違う。我々が誇るべきは、自衛隊に戦死者がいないことではない。戦後何十年もの間、国民に誰ひとりとして戦争犠牲者を出していないことだ。国民を守るために死ぬのなら、自衛官として本望だろう」

それだけ言うと、秋津は踵《きびす》を返した。新波にはもう見向きもせず、足早に通路を進む。

――国民を守るために死ぬのなら、自衛官として本望だろう。

秋津の最後の言葉が、こだまのように頭の中で響いた。

9

あまりの緊張で腹が痛くなり、垂水は危機管理センターのトイレに駆け込んだ。

用を足し終えたあとも、しばらくの間は個室に籠ったままでいた。わずかな間だけでもひとりきりになりたかった。

ようやく重い腰を上げ、個室から出て手を洗っているとき、

「総理」

背後から声がかかった。

振り返ると、外務省アジア大洋州局局長・沢崎《さわざき》が立っていた。垂水が本音で話すことができる、数少ない官僚のひとりだ。垂水がトイレに入るのを見て、二人だけで話すために待っていたのかもしれない。

トイレに他に誰もいないことを確かめながら、沢崎が垂水に歩み寄る。

「大丈夫ですか？　体調は？」

「ちょっと腹にきたけどな、もう大丈夫だ」

ハンドドライヤーに手を入れながら、垂水が答える。

「それに、まだまだ元気だ。今倒れるわけにはいかないからな」

「それを聞いて安心しました」

「なあ、沢崎」

手を乾かし終え、沢崎に向き直る。

「お前、今度の件は、『いぶき』が引き金になっていると思うか?」

「それが原因の全てだとは言いませんが、『いぶき』就役が、東亜連邦とその背後にいる国を刺激したことは間違いありません」

「背後の国?」

「よくも悪くも世界の重石《おもし》となっていた国がその座から降りたことで、世界中に『自国第一主義』が蔓延《まんえん》し、東亜連邦のような民族主義国家が興ってしまった。しかし、その急激な軍備の拡充は、とうてい彼らだけでできるものではありません」

「裏で糸を引いている国があるということか……」

「糸を引いている、と相手に気づかせないほど巧みな奴らです。確かに国力も戦力も、我が国は東亜連邦より勝ってはいます。しかし、全面戦争になれば、双方とも瀕死《ひんし》の傷を負うことになる」

全面戦争――、という言葉に、垂水の表情が歪む。

「城山は、しつこく防衛出動をしろと言ってくるが……」

「領土問題において、日本が現状のプレゼンスを維持できなくなったら、防衛出動は避けられないかもしれません」

沢崎は口調を強めた。

「しかし、ここで対応を誤れば、火はアジアに、いや、世界中に燃え広がります。この二十四時間がヤマです」

「そうだな……」

その間に何が起きるか、予想ができない。新たに指揮官となった秋津がどういう対応を取るかも予測不能だ。

胃の底に鉛玉が沈んでいるような気分で、垂水はトイレを出た。

10

森山《もりやま》しおりは、バックヤードを出てコンビニの店内に入ると、真っ直ぐレジカウンターに向かった。店長の中野がひとりで客の対応をしている。もうひとりのアルバイトの和田《わだ》は、今は商品の補充に忙しい。

「ありがとうございました」

レジを終えた客に丁寧に頭を下げると、中野は、しおりに目を向けた。

白髪交じりの短髪に黒ぶち眼鏡、顎《あご》には薄《う》っすらと無精髭も生えている。どこから見ても冴えないおじさんだが、しおりは結構好きだった。ちょっと頼りないところはあるけど、いつも仕事に一生懸命だし、お年寄りや子どもにやさしいし、自分のような若いアルバイトにも平等に接してくれる。大学に入学してすぐにこの店で働き始め、九か月近くになるが、学生の間はずっとここでアルバイトしてもいいかなと思い始めていた。

「店長、代わります」

言いながらレジカウンターの中に入ると、

「あー、よかった」

中野は大げさな声を上げた。

「ほら、売り切れちゃってさ、クリスマス用のお菓子の長靴」

「ああ……」

去年はまだ働いていなかったからよくわからないのだが、中野は毎年、長靴の形をしたかわいい容器にお菓子を詰めて、この店オリジナルのセット商品として販売しているのだという。なかなか好評で、去年は四百個近く売れたらしい。

「やっと追加届いてさ。これから作んなきゃなんないのよ。俺もう、そっち、かかりきりになっちゃうからね」

「はい」

しおりはうなずいた。

「あ、それで……、しーちゃん、明日の遅番て、頼んでもいいかな」

「え？」

「いや、ヤスオがインフルエンザでさ」

中野が情けない顔つきになる。

「ああ……」

明日は、シフトでは休みになっているのだが——。

「あ、ダ、ダメかな。まあ、イブだしなあ」

中野は肩を落とした。

「いや、ま、ダメだよね。だって、イブだもんねえ」

しょんぼりした中野の様子を見ているうちに、だんだん気の毒になってきた。大学の先輩から合コンの誘いは受けているのだが、それほど乗り気なわけではない。

「いいですけど」

しおりが答えるとすぐ、

「だよねー」

中野は満面に笑みを浮かべた。

「いや、しーちゃんなら、俺、絶対大丈夫だと思ったんだよ。ありがとね。俺、長靴作ってるから」

声のトーンが上がる。本当に嬉しそうだ。

「じゃ、頼むね」

中野は、弾むような足取りでレジカウンターを出た。

途中、商品を補充中の和田に、「もうちょっとさ、真心込めて綺麗《きれい》に並べようよ」と上機嫌で声をかけ、バックヤードのドアに向かう。

中野の変わり身の早さに唖然としながらも、しおりは思わず微笑んだ。自分の気持ちに正直で、邪悪なところがまるでない。

少し丸まった中野の背中が、なんだかサンタさんの後ろ姿に見えた。

Ⅲ 応戦

1

――十二月二十三日　午前十時五十分

航空自衛隊那覇《なは》基地を飛び立った二人乗りの偵察機『ＲＦ４ＥＪ』は、初島上空にさしかかっていた。

〈機長。前方に初島です〉

パイロットの備前島《びぜんじま》が、自分のすぐ後ろでナビゲーターをしている大村《おおむら》に報告する。

大村が海上に目を向ける。雲の切れ目から初島が見えている。

与えられた任務は、上空から初島を撮影することだ。

〈遠目には、いつもと変わりないな〉

〈はい。占領されているとは思えません〉

言葉を交わしたあと、目の前のレーダーに目を戻す。

備前島は眉をひそめた。レーダーに反応がある。

〈レーダーコンタクト！ 1-9-0《ワンナイナーゼロ》！ 16《シックスティーン》、エンジェル10《ワンゼロ》。向かってきます〉

〈この距離で探知ってことはステルス機だ。東亜連邦なら『ミグ35』か〉

備前島は、レーダーが探知した方角に目を向けた。

〈目標視認！〉

キャノピー越しに機影が見える。右前方から急速に距離を縮めてくる。

〈Warning. Flying over this area is strictly prohibited.（警告する。初島上空の飛行は許可しない）〉

敵機からの無線交信だ。

〈Evacuate from this airspace immediately!（直ちに当空域から退去せよ！）〉

〈ふざけるな！ 領空侵犯してるのはお前らじゃないか！〉

備前島が怒りの言葉を発する。

——その直後。

敵戦闘機の機銃が火を噴いた。ダラララ——、という発砲音が空にこだまし、機体を掠《かす》めるようにして弾丸が飛ぶ。

そのまま敵機は遠ざかっていった。

〈那覇ＤＣ。こちら『ダッグ２《ツー》』。警告射撃を受けた〉

大村が那覇基地に報告する。

〈『ダッグ２』。こちら那覇ＤＣ。反転帰投せよ。繰り返す。直ちに反転帰投せよ〉

〈了解。直ちに帰投する〉

しかし、初島は目の前だ。撮影はすぐに終わる。

〈帰投はミッションをこなしてからだ〉

大村は備前島に命じた。

〈初島を撮影するぞ〉

〈了解〉

機が高度を下げる。雲の下に出る。初島の姿がはっきり見える。

そのとき突然、耳障りな警報音が鳴り始めた。備前島と大村は、同時に目を剝いた。

〈レーダー波照射！　ロックオンされた！〉

敵ミサイルの標的にされたということだ。いったん消えた敵機は、真後ろについていた。その距離、わずか三キロ。

警報音は鳴り続いている。本気だ。

次の瞬間、敵機からミサイルが発射された。

〈ミサイルだ！　ブレイクライト！〉

大村が、右方向への急旋回を命じる。

後方からミサイルが接近する。

――間に合わない。

『いぶき』ＣＩＣでも、偵察機『ＲＦ４ＥＪ』と那覇基地との交信は聞こえていた。全隊員が、息を詰めてその交信に耳を傾けている。

〈ミサイルだ！　ブレイクライト！〉

大村が命じたわずか数秒後――、
爆発音が響いた。

〈『ダッグ２』、応答せよ！　こちら那覇ＤＣ〉

那覇基地が呼びかける。しかし、応える者はいない。

――撃墜された……。

新波は言葉を失っていた。

――敵は、次は必ず射ってくる。

秋津はそう言った。その通りになった。

あの状況では、パイロットは助からなかっただろう。戦死者が出たからには、防衛出動はもう避けられない。

──これから向かう先は戦場になるのだ。

胸の中に、一瞬、冷たい風が吹いた。

〈『ダッグ2』、応答せよ！〉

那覇基地からの必死の呼びかけを、『いぶき』艦内のブリーフィングルームに集まったパイロットたちも聞いていた。

静まり返った部屋には、怒りが充満していた。仲間が殺されてしまったのだ。しかも、撃墜されたのは戦闘機ではなく偵察機だ。

──この仇《かたき》は必ずとってやる。

飛行群群司令・淵上《ふちがみ》一佐は、握りしめた両手の拳を震わせた。

2

偵察機撃墜の報は、危機管理センターにも届いた。

報告を聞いた全員の顔が、驚愕《きょうがく》に歪んだ。

「戦死者？　確かなのか!?」

聞き返す城山の顔もひきつっている。

「はい」

額に脂汗を浮かべた沖がうなずく。

「乗員の脱出は確認されていません。おそらく助からなかったものと――」

「総理！　もう充分に要件は充《み》たしたはずだ！」

沖が話し終える前に、城山は声を上げた。

「ここで覚悟を決めなければ、この戦《いくさ》、負けるぞ！」

強い口調で言いながら、まだ椅子に腰を下ろしたままの垂水に歩み寄る。

垂水は、呆然としたままテーブルの一点を見つめていた。なんの前触れもなくいきなり戦死者が出るとは、思ってもいなかった。

「総理！」

他の閣僚たちも次々に立ち上がった。誰もが防衛出動やむなしと考えている。垂水の決断を促している。

――武力など使わなくとも、平和が維持できると信じてきた日本。それが幻想だと気づかされた最初の総理が、俺か……。

垂水は目を閉じ、奥歯を噛みしめた。覚悟を決めるときがきたようだ。

目を開けると、垂水は、全閣僚の方に向き直った。

「日本の領土が侵略され、自衛隊員の命が奪われました」

静かな口調で話し始める。

「武力攻撃事態と認定します。防衛大臣——」

垂水は、沖に目を向けた。

「全閣僚の同意を得、国会には事後承認を得るものとし、自衛隊全部隊に『防衛出動』を命じます」

「はっ」

沖がうなずく。

「外務大臣」

今度は城山に視線を向ける。

「国連に対して速やかに、我が国が自衛権を発動する旨、報告をお願いします」

「わかった」

城山はすぐに踵を返した。事務官を引き連れて足早に部屋を出て行く。

国連は全ての加盟国に他国への武力行使を禁じ、あらゆる紛争は国連による武力制裁によって解決するとしているが、国連憲章第五十一条により、各国の個別的又は集団的自衛権は認めている。ただしそれは、安全保障理事会が、国際の平和及び安全の維持に必要な措置をとるまでの間に限られる。

一刻も早く国連が動いてくれることを、今は祈るしかない。

室内が騒然とする中、石渡が近づいてきた。

「総理……」

いつも柔らかな石渡の顔が、これまで見たことがないほど強張っている。

垂水は、自分の盟友を見上げた。

防衛出動となれば、今後多数の死傷者が出る可能性がある。

「責任は、どうやってとる？」

石渡にではなく、垂水は、自分自身に問いかけた。

3

秋津は、頭上のマイクのスイッチを入れた。

「『いぶき』艦長から各艦に達する」

いつも通り淡々とした口調で話し始める。秋津の声は、第5護衛隊群の全艦に届いている。

「防衛出動が下令された。これは訓練ではない。繰り返す。防衛出動が下令された。

対空、対潜警戒を厳となせ」

これから、本格的な戦闘が始まる。自衛隊にとって初めての戦いだ。

新波は、敵の姿を思い浮かべようとした。しかし、頭に浮かんだのは、真っ青な海を背景に、白い歯を見せて屈託なく笑う、よく日焼けした人たちの姿だった。美しい自然をテーマに、東亜連邦で撮影された写真集の中に出てくる現地の人たちだ。数か月前、新波は、偶然その本を手にしていた。

──彼らと戦うのか……。

新波は、小さくひとつ息をついた。

〈防衛出動下令！〉

スピーカーからの声に、士官予備室では、裕子と田中が、ぎょっとしながら顔を見合わせた。

「おいおいおいおい──」

慌てた様子で田中が繰り返す。

「防衛出動って……、とんでもないことになったぞ。こりゃ、戦闘態勢だよ」

「初めてですよね」

さすがに、裕子もそれぐらいは知っている。

「そう、戦後初めて。こっちも武力を使えって命令だから」

「戦争、始まるんですか？　この艦《ふね》も危なくないですか？」

「いやー、大丈夫、大丈夫だよ。こんなにでっかいんだから」

しかし、数時間前にはミサイル攻撃を受けて多数の負傷者を出している。百パーセント大丈夫なはずはない。

「あ、だいたいね、戦争と戦闘は違うんだけどね」

田中が付け加える。

「どう違うんですか？」

「え？」

裕子の質問に、田中はぽかんと口を開けた。

その違いなど、裕子は今まで考えたこともなかった。

戦争と戦闘――。

――今、私が直面しているのは、戦争なのだろうか、戦闘なのだろうか。

格納庫に一歩入ったところで、淵上は足を止めた。

人影が見えた。戦闘機の前に立ち、コクピットを見上げている。

誰かはすぐにわかった。『いぶき』の艦長になった今でも、秋津は、ここが本来の自分の居場所だと思っているのだろう。

「私は、我が国の平和と独立を守る自衛隊の使命を自覚し――」

淵上は、自衛隊の服務の宣誓を唱え始めた。亡くなったパイロットへの、手向けの言葉のつもりだった。

「日本国憲法及び法令を遵守し、一致団結、厳正な規律を保持し――」

秋津が振り返る。歩み寄りながら、宣誓を続ける。

「常に徳操を養い、人格を尊重し、心身を鍛え、技能を磨き、政治的活動に関与せず、強い責任感をもって専心職務の遂行に当たり、事に臨んでは危険を顧みず――」

「身をもって責務の完遂に務め、もって国民の負託にこたえることを誓います」

最後の部分は、秋津が唱えた。

「二人の仇は、必ずとってやります！」

横に並んだ秋津に向かって、淵上が言い放つ。

「淵上……」

秋津は冷静だ。

「戦場でその思いに囚《とら》われると、指揮の目が曇る」

「は」

淵上は唇を噛んだ。

「我々がやるのは仇討ちではない。このアジアの海での軍事侵略が、いかに傲慢《ごうまん》で、無謀で、愚かなことか、力でしかわからないのなら、力で知らしめる。防衛出動とは、その『力』のことだ」

不思議な人だ、と淵上は思った。仲間に犠牲者が出て、防衛出動まで発令されたというのに、いつもと変わらぬ涼しげな顔をしている。相手に不安を与えないためか、あるいは本心を悟られないためだろうか。

〈秋津艦長、CICにお戻りください〉

スピーカーからの声に、秋津は黙って踵を返した。

その背中に向かって、淵上は敬礼した。

4

桂子は、「P-Panel」のオフィスでさっきからずっと衛星携帯で裕子を呼び出し続けていた。しかし、繋《つな》がる気配はない。

「ダメだ。もう、どうしても繋がんないわ」

あきらめて衛星携帯を耳から離す。電源を切ってあるのかもしれない。

藤堂のデスクのパソコン画面では、昨日裕子から送られてきた取材映像が再生されていた。藤堂の横から、真奈が画面を覗き込んでいる。

〈甲板の全長二百四十八メートル。この巨大な艦には七百二十名もの隊員が乗っています〉

裕子の声でリポートが入っている。

藤堂の背後に立つと、桂子も画面に目を向けた。『いぶき』の甲板が映っている。画面が振られ、今度は戦闘機の姿が映し出された。

〈この戦闘機一機に、なんとドラム缶六十本分の燃料が入るんです〉

「煙とか出てないですよね、まだ……」

再生の途中で真奈が口を挟んだ。

「うん」

藤堂がうなずく。

――少なくとも、この映像が送られてきた昨日の夕方の時点では、『いぶき』に異常はなかったということだ。

藤堂と真奈の後ろを行ったり来たりしながら、桂子は考えを巡らせた。

――でも、今朝は甲板から煙を噴き上げていた。明らかに異常事態が起きている。これはスクープになる。

「藤堂」

桂子は立ち止まった。

「はい」

パソコンから目を離し、藤堂が振り返る。

「『いぶき』の資料、まとめて」

「はあ……」

「今あるだけの素材で、もう一回特集組むよ」

『いぶき』が就役する直前に、賛否両方の意見を載せた特集記事をアップしていた。そのときに、『いぶき』関連の素材はたくさん集めてある。

「わかりました」

小さくガッツポーズしながら、藤堂がパソコンに向き直る。

「食いつきますかね。ユーザー」

真奈が聞く。

「食いつかせるのがお仕事です」

任せとけ、というように藤堂は答えた。

「戦後日本初の航空母艦『いぶき』、太平洋上で極秘行動！　今その全貌《ぜんぼう》が暴かれる！」

桂子は藤堂の肩を叩いた。

「見出しはこれでいくから」

「長くないすか」

「長くない！」

大スクープなんだから、見出しの長さなんて気にしちゃいられない。

〈ここが格納庫です。広いです。それにしても、艦が大きいせいか、全然揺れを感じません〉

裕子の姿が映った。元気そうだ。

その溌剌《はつらつ》とした姿を見ながら、桂子は無事を祈った。

5

――十二月二十三日　午後零時三十九分

「スクリュー音、探知！」

ソナー員・畑中からの報告に、海図台に目を落としていた秋津と新波は、同時に顔を上げた。

「1時の方向、距離5マイル、深度600」

「また奴らか？」

秋津の問いに、畑中が首を振る。

「いえ。これは米海軍・シュミット級です。その後方にロシアのアルファ級。おそらくイギリス、フランスの原潜も近くに潜んでるはずです」

「お歴々が様子見というわけか」

新波が眉をひそめる。

手を出してくる気はさらさらないだろう。高みの見物を決め込んでいるはずだ。

「引き続き、対空、対潜警戒を厳となせ！」

秋津が命じた。

第5護衛隊群の前方上空には、大型レーダーを搭載した早期警戒管制機『イーグル・アイ』が飛んでいた。機内のレーダーディスプレイには、東亜連邦の北方艦隊を示すマーカーが浮かんでいる。

「ん？」

ディスプレイを見つめていた通信員の影山《かげやま》は、思わず声を上げた。

五つの点が、北方艦隊のマーカーから離れていく。空母から何かが飛び立ったのだ。

——戦闘機だ！

影山は息を呑んだ。

『いぶき』CICのディスプレイにも、『イーグル・アイ』のデータがリンクした。

「戦闘機五機、向かってきます」

砲雷長の葛城が報告する。

秋津の顔が引き締まる。

「ミグだ。現在の距離は？」

「我が艦隊との距離、400マイル」

すかさずレーダー員の望月《もちづき》が伝え、葛城は即座に計算した。

「敵のミサイル射程圏内まで約二十分です」

「『いぶき』から各艦に達す。対空戦闘用意！」

マイクを通してそう言ってから、秋津は、新波に向き直った。

「副長、艦橋にて操艦せよ」

前方を見渡せる場所で指示を出せということだ。これぱかりは、飛行機乗りの秋津にはできない。

「了解！」

新波はCICを飛び出した。

『あしたか』『いそかぜ』『はつゆき』『しらゆき』そして、潜水艦『はやしお』にも、対空戦闘用意の命が伝わった。

いよいよ本格的な戦闘が始まることを、全隊員が覚悟した。

『いぶき』CIC内で、ビイイ、ビイイ――、という耳障りな警報音が鳴り始めた。

「敵機、レーダー波照射！　ロックオンされました！」

モニターを注視したまま、追尾担当士官の郷原《さとはら》が報告する。

「位置は？」

秋津が聞き返す。

「方位2《フタ》-2《フタ》-0《マル》、距離75マイル。高度30000フィート。速度マッハ1・8変わらず。五機ともに接近してきます！」

「射ってくる」

秋津が漏らした直後、ディスプレイに八個のマーカーが出現した。

「敵機ミサイル発射。八発向かってきます。距離50マイル！」

警報音は鳴りやまない。

艦橋に着くと、新波は、ヘッドセットを装着し、その上からてっぱち（ヘルメット）を被った。

双眼鏡を構えても、ミサイルはまだ見えない。しかし、確実に接近している。

「頼むぞ、『あしたか』……」

前方を行くイージスミサイル艦に向かって、新波はつぶやいた。

「いいか！　全ての訓練は、このためにあったと思え！」

『あしたか』の艦長・浦田は、CIC内にいる隊員に檄《げき》を飛ばした。

「はっ！」

全員が大声で返事する。

「対空戦闘用意！」

浦田の命令に、砲雷長の山本が応じる。

「対空戦闘用意！　前甲板VLS、1番から8番。対空ミサイル発射用意！」

甲板から垂直に発射されるミサイルVLS（Vertical Launching System）は、誘導に従って空中で方向を変え、目標へと向かう。

「砲雷長、目標８、一発も洩《も》らすな」

「任せてください」

山本の口許に、不敵な笑みが浮かぶ。

「目標データ、入力完了！　発射用意よし！」

敵ミサイルのデータを入力していたミサイル長の近藤《こんどう》が告げる。

「てえーっ！」

山本の命令を合図に『あしたか』甲板のハッチが開き、すさまじい爆音とともに対空ミサイルが次々に飛び出した。

白煙を噴き上げながら、大空を突き刺すかのようなスピードで上空に達した対空ミサイルは、そこで大きく軌道を変え、そのまま真っ直ぐ敵ミサイルへ向かっていく。

「『あしたか』、対空ミサイル発射！」

『いぶき』ＣＩＣで、葛城が報告する。

「八発とも迎撃コースに入りました！　目標との距離６マイル。接触まで十秒」

ディスプレイには、敵ミサイル八発と、それに向かう『あしたか』の対空ミサイル八発のマーカーが浮かんでいる。

「9――、8――、7――、6――」

カウントダウンの声が、警報音と共にCIC内に響く。

「5――、4――、3――、2――、1――」

空中で、次々に爆発が起こった。

真っ赤な炎が上がると同時に、ミサイルの破片が宙を舞い、バラバラと海上に落下する。

その様子は、新波の双眼鏡でも確認できた。

一発のミサイルも、炎の中から飛び出してこない。

――よくやってくれた。

安堵のため息をつきながら、新波は双眼鏡を下ろした。

『あしたか』CICのディスプレイから、ミサイルを示すマーカーが全て消えた。

「全ミサイル、撃墜しました」

砲雷長の山本が告げる。

「よし」

艦長の浦田は、ホッとした表情で椅子の背にもたれた。

「敵ミサイル、全て撃墜！」

『いぶき』のCICでは、全員の顔に笑みが浮かんだ。

しかし──、ディスプレイに目を向けた秋津は、わずかに眉根を寄せた。ミサイルのマーカーは消えたが、敵戦闘機を示すマーカーは四つ残っている。

「砲雷長」

「はい」

秋津の表情を見て、葛城が訝《いぶか》しげな顔つきになる。

「敵は、五機編隊だったはずだな」

「は……、五……？」

葛城もディスプレイに目を向ける。

「敵のミサイルは八。各機二発ずつとすると、一機射っていない」

そのとき突然、レーダー員の川口《かわぐち》が大声をあげた。

「11時の方向に敵機！」

早期警戒管制機『イーグル・アイ』の大型レーダーが捉えている。

さっきまでなかった戦闘機のマーカーが、CICのディスプレイにもひとつ現れていた。

「距離20マイル。超低空で接近！」

海面すれすれに飛んでいたために、艦のレーダーからは逃れていたのだ。

「『あしたか』ＣＩＣへ」

秋津がマイクに顔を近づける。

〈こちら『あしたか』〉

艦長の浦田が応える。

「一機が超低空で侵入してくる。攻撃位置では、必ずホップアップするはずだ」

超低空で飛ぶ機は艦のレーダーでは捉えられないが、逆に機のレーダーでも艦の位置を捉えることはできない。攻撃目標に正確にミサイルを命中させるためには、攻撃位置に達したとき、機は高度を上げる必要がある。ただしこのポップアップの瞬間は、同時に艦のレーダーにも捕捉されることになる。

「敵機のホップアップの瞬間を捉える」

そこでわずかに間を置くと、

「撃墜せよ」

ゆっくりと、重い口調で秋津は続けた。

――撃墜せよ。

最後の言葉に、ＣＩＣにいる隊員たちは息を呑んだ。

〈撃墜せよ〉

秋津の言葉がヘッドホンを通して聞こえるとすぐ、

「艦橋からＣＩＣ」

マイクに向かって、新波は言った。

「艦長。この距離で撃墜すれば、パイロットの脱出は難しいと思われます」

〈そこを逃せば、次のミサイルを撃たれる〉

秋津の声音は冷静そのものだ。

「しかし――」

〈ここは、すでに戦場だ〉

新波の言葉を遮ると、重い口調で秋津は告げた。

秋津の命令に、『あしたか』ＣＩＣにいる隊員の間に動揺が走った。

「本気なのか……？」

山本がつぶやく。

「命令とあらば、従うだけだ」

山本に向かって言うと、

「対空戦闘用意！」

浦田は、ＣＩＣ内の動揺を振り払うかのように声を張り上げた。

その直後――、

「敵機、ミサイル二発、射ちました！」

射撃管制員・斉木《さいき》の強張った声が響いた。

浦田がレーダーに目を向ける。ディスプレイに、敵戦闘機を示すマーカーと、ミサイルを示す二つのマーカーが浮かんでいる。

「前甲板ＶＬＳ、９番から11番、対空ミサイル発射用意！」

山本が命じる。

「目標データ、入力完了！」

射てば、ミサイルを破壊するだけでなく、敵戦闘機も粉々になる。パイロットも助からないかもしれない。しかし、迷っている時間はない。

山本に向かって、浦田はうなずいた。

「てえーっ！」

迷いを振り切るように、山本は叫んだ。

「『あしたか』ミサイル発射！　目標まで距離３マイル！」

『いぶき』ＣＩＣのディスプレイに、『あしたか』が発射した三発のミサイルのマーカーが表示された。標的は、敵戦闘機と二発のミサイルだ。

敵ミサイルに、味方のミサイルが向かっていく。

接触した瞬間、四つのマーカーが同時に消えた。敵が発射したミサイル二発を撃ち落としたのだ。

「敵ミサイル撃墜。一発、敵機に向かいます」

残った二つのマーカーが急速に接近する。

ドン――、という腹に響く爆発音と同時に、真っ赤な炎の塊が宙で膨らんだ。それは、艦橋にいる新波の頬《ほお》を赤く染めた。

瞬《まばた》きすら忘れて、敵機が墜落した海面を見つめる。

肌が粟立《あわだ》つような感覚が、胸の奥からせり上がってきた。それが怒りなのか、恐怖なのか、自分でもわからない。

「副長から達する。パイロットの捜索を行なう。各艦に伝えろ。あきらめるな。死なせてはいけない」

ふり絞るようにして、新波は命じた。

爆発音が轟いた瞬間――、裕子と田中は、同時に士官予備室のテーブルに伏せ、両手で頭を抱え込んだ。

「なんだなんだ！」

田中が驚きの声を上げる。

裕子は声を出せなかった。

――死にたくない。

テーブルに突っ伏したまま、ただそれだけを思った。

マーカーが消えたディスプレイを、『いぶき』ＣＩＣの隊員たちは呆然と見つめていた。誰もが言葉を失っていた。

「忘れるな」

秋津が口を開く。

「この実感は、忘れずに覚えておけ」

言葉を返す隊員はいない。

戦後初めて、戦闘で敵の命を奪った。

これまで日本が何とか越えずにきたハードルを自分たちは越えてしまったのだと、このとき全隊員が自覚した。

「失礼します」

ノックの音と同時にドアが開き、広報室員の井上が士官予備室に入ってきた。

顔を向けた裕子と田中に向かって、

「どうですか、お二人とも。変わりありませんか？」

口許に笑みを浮かべながら尋ねる。

「あの……、さっきの爆発音は？」

立ち上がると、裕子は聞いた。

「かなりデカかったよね。ヤバいんじゃないの？」

田中が続ける。

「あ、音だけですね。ビックリしましたね」

井上はまだ笑っている。それがわざとらしい。不安がらせないための作り笑いだということは明らかだ。

「いや、音だけってさ――」

「ええと……」

食い下がる田中を無視して、井上が続ける。

「それから、お二人には、あと二十分ほどでこの艦を降りていただくことになりました」

「いや、ちょっと待ってよ。予定じゃ、あと二日――」

「降ります！」

今度は、裕子が田中を遮った。

「え？」

田中と井上が、同時に驚きの声を上げる。

「私、降ります！」

こんなところには、もういられない。取材なんかどうでもいい。死にたくない。

裕子は、バッグにさっさと私物を詰め始めた。

6

〈パイロットの生存、確認できません。繰り返す。パイロットの生存、確認できません〉

哨戒ヘリからの無線の声に、新波は唇を噛んだ。

万にひとつの可能性を信じようとしたが、願いは叶《かな》わなかった。自分たちの手で人の命を奪ったという現実が、肩に重くのしかかってきている。

ふと人の気配を感じて振り返ると、秋津が近づいてくるところだった。

新波の横に並び、捜索が続く海上に目を向ける。その表情には、ひとかけらの動揺も感じられない。

——人ひとりの命を奪っておいて、どうしてそんなに平静でいられるのだ。

不意に怒りが湧いた。

「我々自衛隊は、初めて敵機を撃墜し、パイロットの命を奪った」

その横顔に向かって、新波は言った。

「防衛出動が出た以上、当然のことだとあなたは言うだろう。そこには、なんの躊躇《ためら》いもなかったか？」

思わず強い口調になっていた。自分を抑えることができなかった。

秋津は身体《からだ》の向きを変えた。新波と向かい合う。

「新波二佐」

真っ直ぐ新波の目を見つめながら、秋津が口を開く。

二佐——、とあえて階級をつけて呼ばれた意味を、新波はすぐに理解した。自衛隊で階級の差は絶対だ。

姿勢を正し、改めて秋津に向き直る。

「力を持つということは、必要なときに、怯《ひる》むことなくそれを使うことだ」

「ですが――」

秋津の言葉に、必死に感情を抑えながら反論する。

「我々は、すでに敵機のミサイル二発を撃ち落としていました。更なる攻撃を仕掛けてきたでしょうか」

「パイロットならわかることだ」

それだけ言うと、秋津はまた海上に目を向けた。

こちらが撃墜を躊躇っていると知ったら、敵はかさにかかって戦闘機による攻撃を仕掛けてくる――。そういうことか。

しかし、それでも――、と新波は思う。

人を死に至らしめる攻撃は、慎重にも慎重を期さなければならない。たとえ敵がどんな相手であったとしても。

秋津は、もう何も言わなかった。黙ったまま新波の横を離れて歩き出した。

その背中は、ひどく孤独に見えた。

「ちょっと、話が違うよ。これじゃ取材、投げ出すみたいじゃない」

甲板に出てもまだ、田中はゴネていた。

「状況が変わったんですから、しょうがないでしょ」

腕を摑《つか》んだ井上が、小柄な田中を引きずるようにして、スタンバイしたヘリコプターに向かっている。その後ろに、背中を丸めて風をよけながら裕子が続く。

「だいたいさ——、俺たちなんかより、怪我した人たちは？」

田中はまだ文句を言っている。

「大丈夫です。早く乗ってください」

「毎回、大丈夫、大丈夫ってさ……」

「大丈夫だから大丈夫って言ってるんですよ」

「大丈夫じゃないから、俺たち帰されるんでしょ？」

降ります——、と言ってしまったものの、本当にここで降りてしまっていいのだろうか、と裕子は思い始めていた。

『いぶき』の取材を希望していたジャーナリストはたくさんいた。その中の代表として、自分と田中が選ばれた。自分たち二人は、その他の人たちの思いも背負っているのだ。

数メートル先で田中ともみ合っている井上が、早く来い、というように裕子を振り返ったとき——、背後で足音が聞こえた。

振り返ると、秋津が甲板に出てくるところだった。今まで艦橋にいたのかもしれない。

秋津は、いつもと変わらぬ涼しげな顔でこっちを見た。その表情からは、何を考えているのか、まるでうかがい知ることができない。

空母の艦長として戦闘を指揮する人の精神状態など、計り知れないものがある。いったい、今、秋津は何を考えているのだろう。

知りたい、と裕子は思った。

そして、そう思った瞬間、秋津に向かって駆け出していた。

「あ、本多さん！　本多さん！」

井上が慌てて声をかける。

一瞬、驚いたように目を見開いたが、秋津は、すぐに元の表情に戻った。目の前の、頭ひとつ分背の低い裕子を見下ろす。

「艦長。お願いがあります」

考える間もなく、言葉が口をついて出た。

「私たちは、今ここで起こっていることを伝えなければなりません。この艦にいさせてください」

言ってすぐ、なんで私、こんなこと頼んでるんだろうと思った。

裕子の中では、すぐにでも逃げ出したいという思いと、ここに留まって取材しなければという気持ちがぶつかり合っていた。

秋津の顔を、裕子がじっと見つめる。

その口許がふっと小さく弛《ゆる》んだかと思うと、

「これまで以上に規制は厳しくなりますが」

優しい声で、秋津は言った。

「ありがとうございます！」

裕子が頭を下げる。

田中と井上は、ポカンとした顔つきでこっちを見ていた。

7

総理執務室で敵戦闘機撃墜の一報を受けた垂水は、言葉もなくソファに腰を落とした。

「パイロットは助からなかったものと……」

沖の報告に、目を閉じ、ソファの背にもたれる。

「味方に損害は？」

垂水の横に立っている石渡が尋ねた。

「いえ。敵ミサイルは、全て撃墜したとのことです」

「自衛隊にとって、初めての敵戦闘員の殺害か……」

呻くように垂水がつぶやく。

沖が部屋から出て行き、二人になると、石渡は正面のソファに座った。

「しっかりしろ」

垂水に向かって身を乗り出す。

「自衛隊の最高指揮官は、内閣総理大臣であるお前だ」

「ああ、わかってる」

「少なくとも、国連の安保理が開かれるまでは、戦闘の拡大は回避しなければならない。艦隊にもそう伝える。いいな？」

「ああ、頼む」

「しっかりしろ」

もう一度声をかけると、石渡は、足早に部屋を出て行った。

垂水は、誰もいなくなった部屋をぼんやり見回した。物音は何も聞こえず、空気も動かない。

世界でたったひとりきりになったような気がした。

8

休憩のため、しおりは、コンビニの店内からバックヤードに入った。

中央に置かれたテーブルでは、中野がお菓子の長靴を作っていた。周りは長靴だらけだ。少なくとも百以上はあるだろう。

「休憩入りました！」

声をかけたが、反応がない。

歩み寄り、

「店長」

と呼びながら肩を叩く。

「わ！」

中野は、ぎょっとした顔で椅子から跳び上がった。それを見て、逆にしおりのほうが驚いた。

「びっくりした！　あー、びっくりしたあ」

言いながら、中野は両耳から耳栓を引き抜いた。

「ごめん、ごめん。集中するために耳栓入れてんのよ。どした？」

「あ、休憩です」

しおりが、テーブルと、その周辺に積まれた長靴の山に目を向ける。

「いやこれ、嬉しい悲鳴でさ。ここ数年、売り切れ続出なのよ。明日の朝までに三百個、間に合わせないと」

「三百個、ですか？」

思わず繰り返した。

本当にこれが全部売り切れるのだろうかとしおりは思った。今どきサンタの長靴なんて、時代遅れのような気もする。

「この、チョコレート入れる順番、結構悩むのよ」

中野は、黄色いパッケージのチョコを長靴に入れた。

「このさ、オランダのやつもおいしいんだけど、このブラジルのやつもいいんだよねえ」

今度は赤いチョコを手に取る。

中野の横に腰を下ろすと、しおりは、テーブルの隅に重ねて置かれている小さなカードに目をやった。

「あ、それ？」

しおりの視線に気づいた中野が、口許をほころばせる。

「それはさ……、あの……、サンタさんからの手紙のつもり。一枚一枚、そうやって手書きで入れるとね、子どもたち、結構喜んでくれんのよ」

「『きみがみんなをすきになれば、みんなもきみをすきになるよ』」

一番上に載っていたカードを手に取ると、しおりは声に出して読んだ。

「ちょっちょっちょっ――、声に出さないでよ」

焦った様子で中野が止める。

それを無視して、しおりは二枚目のカードを手にした。

「『きょうはだめでも、あしたはきっと――』」

「やめてって！」

顔を真っ赤にしながら、中野がカードを奪い取る。

「お願いだから、やめて」

しおりは微笑んだ。

――店長らしいな。

お菓子の長靴が売れているワケがわかったような気がした。

Ⅳ　防戦

1

――十二月二十三日　午後五時二十分

『今後の外交交渉に影響する戦闘は極力回避されたし』

自衛艦隊司令部から、緊急電が入った。

国連で安保理が開かれた場合のことを考えてのことだろうと新波は思った。

「戦闘から戦争への拡大だけは防げということか」

司令部の指示は、理解はできる。しかし――、

「ならば、どこからが戦争なのか……」

つぶやきながら、新波は眉をひそめた。

「我々自衛官のみならず、一般国民に被害が及ぶとき。それが戦争だ」

横に立つ秋津が、顔色を変えることなく答える。

「なるほど。それならばお聞きしますが——」

新波は、秋津に顔を向けた。

「あなたは、我々自衛隊の前にあるハードルは越えるべきものだと考えているようだが……、越えていった先に待っているのが『戦争』だとしたら、ハードルの前で立ち止まることも必要なのではありませんか？」

「それは、敵の出方次第だ」

秋津も新波に視線を向ける。二人の視線がぶつかった。

——敵の出方次第では、またハードルを越えるというのか？

そうなれば、双方に甚大な被害が出る。

秋津が先に目を逸《そ》らす。

新波は薄く目を閉じた。撃沈される『いぶき』の映像が、一瞬、脳裏を過《よぎ》った。

2

「スクリュー音！　方位190度。距離8000、深度400。『いぶき』を攻撃した潜水艦です」

ソナー員・鈴木の報告に、潜水艦『はやしお』の艦長・滝は、眉間に皺を寄せた。

「おいでなすったな」

「真っ直ぐ艦隊へ向かっています。速力15ノット。艦隊との距離13キロ」

そこで、鈴木の頬がひきつった。

「敵艦、魚雷発射管を開きました！　針路変わらず。加速していきます」

「こいつは、必ず射ってくる」

滝の言葉に、発令所にいた全員が振り返る。

「やらなければ『いぶき』がやられる」

「艦長。敵はまだ我々に気づいていません」

船務長・有澤《ありさわ》の報告に深くうなずくと、

「魚雷戦用意！　攻撃目標、敵潜水艦」

滝は命じた。

できれば射ちたくはない。しかし、射たなければ『いぶき』を守ることができないのなら、覚悟を決めるしかない。

「魚雷戦用意！　1《いち》、2《ふた》番管、発射用意！」

有澤が復唱する。そのとき——、

鈴木が大声で告げた。

「敵が射ちました！」

ディスプレイに表示された敵潜水艦と魚雷のマーカーを見て、滝は太い眉を吊《つ》り上げた。

〈『あしたか』から『いぶき』！　敵潜水艦、魚雷発射。四本きます！〉

先行する『あしたか』から『いぶき』ＣＩＣに連絡が入った。

「副長、艦橋にて操艦せよ」

「了解！」

秋津の命令に、新波が駆け出す。

——早くも次のハードルか……。

秋津は、それを越えようとするのか、あるいは立ち止まるのか。

「『いぶき』から各艦へ。対潜戦闘！　魚雷回避！　一本も被弾するな！」

命令する秋津の声を背後に聞きながら、新波はＣＩＣの扉を開けた。通路を全速力で走り、階段を駆け上がり、艦橋に飛び込む。

隊員たちの真ん中に立つと、

「魚雷に正対！　取り舵《かじ》いっぱい！」

すぐに新波は命じた。

「取り舵いっぱい」

操舵員・原島《はらしま》が復唱する。

「3番、4番——、デコイ発射!」

すかさず、新波は命じた。

『いぶき』に酷似したスクリュー音を発する囮《おとり》の魚雷デコイで、敵魚雷を攪乱《かくらん》させる。敵魚雷がデコイに食いつけば、少しだけ時間が稼げるだろう。その間に『はつゆき』の対潜ミサイル「アスロック」が仕留めてくれれば、被弾は避けられるはずだ。

——頼んだぞ、瀬戸《せと》。

『いぶき』の左後方にいるはずの『はつゆき』の艦長・瀬戸二佐に、新波は、心の中で呼びかけた。

『いぶき』の左舷《さげん》から、デコイが二発発射された。本物の魚雷よりひと回り以上小さいが、形状は同じだ。

スクリュー音を響かせ、泡を吐き出しながら海中を進む。

前方からきた敵魚雷とすれ違う。

いったん行き過ぎた四発の敵魚雷が、方向転換した。デコイを追い始める。

『はやしお』の発令所で、滝は小さく息をついた。

敵魚雷が方向転換したことで、喫緊の危険は去った。あとは『はつゆき』に任せるしかない。

だが、すぐに第二波の攻撃がくる。

「艦長！」

船務長・有澤が詰め寄った。

「次の攻撃を止めなければ『いぶき』が危険です。今射てば撃沈できます」

――確かにその通りだ。

しかし、射てば、敵の乗員百五十名の命が消える。この海でそんな数の死者を出したくはない。それに、そうなれば間違いなく戦線は拡大する。『戦闘は極力回避されたし』という通達にも反することになる。

――ひとつだけ、方法がある。

「発射止《や》め！」

滝の命令に、有澤は目を見開いた。

「艦長、いったい、何を――」

「敵艦までの距離は？」

有澤を無視し、滝が聞く。

「距離２０００」

「よし、このまま直進。最大戦速！」

隊員たちは、滝の意図を悟った。

ヒリヒリとした緊張感が、狭い発令所を覆い尽くした。

「『はやしお』が敵潜水艦に接近していきます！　衝突コースです！」

ソナー員・畑中からの報告に、秋津は、弾《はじ》かれたようにディスプレイから顔を上げた。

「距離３００！」

「体当たりして、第二撃を阻止する気か？」

船務長の中根が驚きの声を上げる。

「下手に当たれば、合わせて三百人がこの海に沈みます」

「距離２５０！」

畑中の声が、緊張に上ずった。

海中では、デコイの動力が切れた。

二本揃って、ゆっくりと海中深く沈んでいく。

デコイを追っていた四本のミサイルが再び反転した。

今度は、真っ直ぐ『いぶき』に向かう。

『はつゆき』のＣＩＣでは、瀬戸がアスロックの発射を砲雷長の富樫《とがし》に命じた。

甲板のランチャーが発射方位に旋回し、四発のミサイルを次々に発射する。

放物線を描いて海中に飛び込んだミサイルは、敵魚雷に向かって突き進んだ。

「距離１００！」

「『はやしお』と敵潜水艦の深度差は？」

秋津が聞く。

「『はやしお』が五メートル上位です」

葛城が答える。

「敵潜水艦、回避行動。転舵しつつアップトリム」

アップトリムとは、艦首が上がり、艦尾が下がった状態のことだ。敵潜は上昇しようとしている。

「『はやしお』が、同方向に合わせアップトリム。衝突します！」

「総員、衝撃に備えーっ！」

滝は叫んだ。

「衝撃に備え！」

隊員たちが大声で復唱し、計器の上に伏せる。

「もう魚雷は射たさんぞ」

歯を食いしばりながら、滝は言った。

『はやしお』は、敵潜水艦のわずか上にあった。

敵潜のセイルに艦底をこすりつけながら通過する。

ゴゴゴ——という衝撃音と同時に、激しい揺れが襲った。隊員たちが、懸命に身体を支える。

滝は計器に頭を打ちつけ、その場にうずくまった。

艦が軋《きし》む音が足元で響いた。

敵魚雷には、『はつゆき』の放ったアスロックが向かっていた。

次々に衝突し、炎と共に泡が広がる。

その泡を突き破るようにして、魚雷が一本飛び出した。

「一発、外しました！」

畑中が声を上げる。

「魚雷一本、きます！」

秋津の顔が歪んだ。

『いぶき』の艦橋にいる新波にも、その報告は届いた。

「マスカー開始！　取り舵いっぱい！」

艦の周辺を泡で包囲し、船体から出る音を遮断するマスカーならば、魚雷を回避できる可能性がある。

『いぶき』の艦底から、細かい泡が放出された。泡はみるみる広がり、艦底全体を覆っていく。

しかし、魚雷は、すでにすぐそこまで接近している。

『はつゆき』ＣＩＣでは、目の前のモニターを、瀬戸が、睨みつけるようにして見つめていた。

今からでは、再度アスロックを射っても間に合わない。マスカーの効果もあてにならない。

ならば――、

「取り舵いっぱい！　てっぱちを着けろ！」

瀬戸は命じた。

「艦長から達する！　我が艦をもって『いぶき』を守る！　左舷各科員、艦尾へ退避急げ！」

魚雷は左方向からくる。左舷の隊員を退避させれば、人的被害は最小限にとどめることができる。

「最大戦速！　魚雷へ向かえ！」

――絶対に『いぶき』は守る。

瀬戸は奥歯を嚙みしめ、全身に力を込めた。

『はつゆき』は、波を切って進んだ。『いぶき』左後方から前に出て、その横に並ぶ。

海面に一本の白い筋を浮かべながら、魚雷が真っ直ぐ向かってくる。

『いぶき』の真横に並んだ『はつゆき』は、魚雷がくる方向に針路を変えた。少しでも『いぶき』から離れた場所で被弾するために。

「左舷の乗員、退避しました」

ソナー員の稲森《いなもり》が報告する。

「貴様らも、艦尾へ逃げろ！」

ＣＩＣにいる隊員に向かって、瀬戸は命じた。

誰も死なせたくない。もし死ぬのなら、それは自分だけで充分だ。

「急げ！」

もう一度大声で命令すると、瀬戸はモニターに向き直った。

『いぶき』艦橋では、新波が、呆然としながら『はつゆき』の動きを追っていた。

「瀬戸！」

思わず叫んだ。

――死ぬな！

新波は祈った。

「魚雷、きます！　左舷前方！」

稲森の声に、瀬戸は驚いて振り返った。

誰ひとりとして退避していなかった。ＣＩＣにいる全員が立ち上がり、瀬戸に向き直った。

「どんなときも持ち場を離れるなと、艦長から教わりました」

直立不動の姿勢で、砲雷長の富樫が言う。

隊員ひとりひとりに何かを確かめるかのように目を向けると、瀬戸は最後の命令を発した。

「総員、衝撃に備えーっ！」

全員が椅子に座り、頭を下げる。

次の瞬間――、
耳をつんざく爆発音と同時に、激しい衝撃が襲った。

爆発音は、『いぶき』の士官予備室にいた裕子の鼓膜も揺すぶった。わずかに遅れて足元が揺れ、田中はテーブルに突っ伏した。

「なんだよ、今の」

田中が怯《おび》えた声を上げる。

――何かが爆発した。しかもすぐ近くで。

裕子は、テーブルの上のビデオカメラを摑んだ。

真実を伝えなければいけないと思った。何が起こっているのか、国民には知る権利がある。それを伝えるために自分はここにいる。

「あ、ちょっと！」

慌てて声をかける田中を残して、裕子は部屋を飛び出した。

床に落ちていたおもちゃのような紙製の長靴を踏んづけたが、気にしている余裕はなかった。

通路を走り、階段を駆け上がり、扉を開けて甲板に飛び出す。

目の前に、信じられない光景が広がっていた。

潜水艦『はやしお』では、浸水が始まっていた。

艦内のあちこちから海水が滲《し》み出している。しかし、それほどの量ではない。

「各部異常ないか！」

額から血を流した滝が、発令所内にいる隊員に確認する。

「発射管室、異常なし！」

「１エル、異常なし！」

「発令所、浸水！」

「ＡＩＰ室、異常なし！」

「機械室、異常なし！」

次々に声が上がる。

「エアバンク、異常なし！」

最後の報告を聞いて、滝は大きくうなずいた。

これなら海上に出て航行できる。

「ようし、メインタンクブロー！」

滝は命じた。

「メインタンクブロー！　緊急浮上！」

隊員たちは、安堵の表情で顔を見交わした。

『はやしお』と『はつゆき』の状況を、『いぶき』CICの隊員たちは、息を詰めて見守っていた。秋津も、ひとことも言葉を発することができないでいた。

「『はやしお』、敵潜水艦ともに、浮上していきます」

葛城が報告した。

「『はつゆき』は、我々の盾となりました」

中根が続ける。

険しい表情で唇を噛むと、秋津は、頭上のマイクのスイッチを入れた。

「『いぶき』から『しらゆき』『いそかぜ』——。両艦は『はつゆき』乗員の救助にあたれ」

『いそかぜ』と『しらゆき』から、それぞれ〈了解した〉という言葉が返ってきた。

「二時間後には波留間に向かう」

中根に向かって、秋津が告げる。

目の前で、『はつゆき』が燃えていた。

夕闇《ゆうやみ》の迫る空高く巨大な炎が上がり、その熱は、裕子の頬をじりじりと焦がした。

震える指で、ビデオカメラの録画ボタンを押した。

レンズを『はつゆき』に向けながら、

「護衛艦『はつゆき』が燃えています」

それだけを口にした。

それ以上何も言葉は出てこなかった。

3

危機管理センターにも、状況は逐一報告されていた。

『はやしお』が、自力で呉《くれ》へ向かっていること。『はつゆき』は航行不能で多くの重傷者が出ていること。『しらゆき』を救助に残し、『いぶき』が『あしたか』『いそかぜ』と共に初島に向かっていること。

刻一刻と戦闘が深刻化していることに、垂水は危機感を募らせていた。それは、他のメンバーも同じだった。

じりじりとした苛立ちと焦りが会議室内に立ち込め始めたとき、沢崎が部屋に飛び込んできた。

「国連安保理に招集がかかりました！」

大声で告げながら、垂水の許《もと》に歩み寄る。

「三時間後には緊急会合が開かれます」

会議室内にどよめきが起きた。朗報に、ホッとした表情で顔を見合わせる閣僚もいる。

「そうか」

垂水は、大きくひとつ息をついた。

現場の自衛官たちは、防衛出動が出てもなお、専守防衛を全うしてくれている。安保理の会議では、間違いなくこちらの主張が通るはずだ。

——あと少しだけ、現場の自衛官が頑張ってくれれば……。

そう思ったとき、

「総理！」

両手のひらでテーブルを激しく叩きながら、城山が立ち上がった。

「現実に二艦やられてるんだ!!　ここは、援軍を送って一気に叩くべきだ」

その剣幕に、会議室内は静まり返った。

城山に同調してうなずく閣僚もいる。他のメンバーは、息を詰めて垂水の反応を待っている。

援軍を送れば、敵を刺激して、間違いなく戦線が拡大する。ようやく国連安保理に招集がかかったというのに、収拾がつかなくなる事態だけはなんとしても避けなければならない。

「援軍は……、今はまだ」

それだけ答えると、垂水は、城山から目を逸らした。

城山の舌打ちの音が聞こえた。

4

裕子から送られてきたばかりの映像を見て、真奈は絶句した。

ごくりと音を立てて唾を呑み込み、藤堂を呼ぶ。

「なに、これ……」

「どうした⁉」

自分のパソコンから目を離し、藤堂が真奈のパソコンに視線を向ける。

「え⁉」

藤堂も驚きに目を見開いた。

「裕子さんからです」

真奈の言葉に慌てて立ち上がり、後ろから画面を覗き込む。

「なんだ、これ……」

藤堂も、啞然とした顔でつぶやいた。

慌てて桂子の姿を探す。桂子は、ガラス張りの壁の向こう側で、他のスタッフと打ち合わせをしていた。

ガラスを叩いて呼ぶと、桂子は足早にこっちに向かってきた。

集まってきた他のスタッフといっしょに、真奈の後ろから画面を見つめる。

〈護衛艦『はつゆき』が燃えています〉

巨大な炎を噴き上げている艦の映像に重なって、虚ろな裕子の声が聞こえた。

「すぐにアップして」

　桂子は命じた。

「大丈夫なんですか？　そんなことして」

　藤堂が確認する。

「私が責任持つ」

　映像は、表に出た途端、政府の手で消されてしまうかもしれない。それでも、裕子が命がけで送ってきた映像なのだ。無駄にするわけにはいかない。

「なんでもいいんだけどさ……、裕子、あんた、大丈夫だよね」

　画面に目を向けたまま、桂子はつぶやいた。

5

　店には客が殺到していた。

　どうして突然こんなに客が増えたのか、しおりにはまるでわからなかった。それも、客が買い求めているのは、飲み物を含めた食料品がほとんどだ。

　店の常連のおばあちゃんも、今日はやけに買い込んでいる。

「小林《こばやし》さん、今日はずいぶんたくさんですね」

買い物籠《かご》に山のように詰め込まれたカップ麺《めん》やミネラルウォーターを見て、しおりは目を丸くした。

「あんた、知らないの？」

「え？　何を？」

バーコードリーダーを商品にあてながら、しおりが聞き返す。

「戦争だよ」

「は？」

思ってもみなかった答えに、しおりは、手にしていたカップ麺をカウンターに落とした。

「戦争？」

「そうよ。早くして」

その会話の間にも、レジに並ぶ客がどんどん増えていく。

──戦争って、なに……？

騒然とし始めた店内を、ぽかんと口を開けながらしおりは見回した。

都心の繁華街にある巨大なディスプレイに、炎に包まれている『はつゆき』の動画が映し出された。映像の下には〈護衛艦『はつゆき』炎上　東亜連邦と交戦か？〉というテロップが浮かんでいる。

クリスマスの人出で賑《にぎ》わっていた路上では、皆が足を止めていた。不安げな顔で話し合うカップルや、恐怖にひきつった表情を浮かべるサラリーマン、何がおかしいのか、へらへら笑っている若者もいる。

「戦争が始まったのか？」

誰かのつぶやきと同時にざわめきが広がり、繁華街は、あっという間に騒然とした空気に包まれた。

6

「総理！『いぶき』の件がネットで拡《ひろ》がっています！」

パソコンの前に座っていた事務官が、仰天しながら垂水に顔を向けた。

「なんだと」

垂水が眉をひそめる。

その配信動画が、ディスプレイに映し出される。

『はつゆき』が、夕空に巨大な炎を噴き上げながら燃えていた。おそらく『いぶき』

の甲板から撮影したものだ。

会議室にいた全員が、呆気《あっけ》にとられたような顔で映像を見た。

「削除だ、削除させろ！」

城山が命じ、事務官が「はい」と応じる。

まずいことになった、と垂水は思った。できることなら、この件は、国連安保理が開かれるまでは国民に隠しておきたかった。

しかし、こうなったからには仕方がない。

「記者会見を開きます」

きっぱりと垂水は言った。

「いえ、総理」

最初に声を上げたのは石渡だ。

「この映像は、かなりの衝撃を国民に与えていると思います。会見を開くには、時間が必要かと……」

「事態が表に出た今、国民の理解と支持を得ることが急務だ」

垂水は譲らなかった。覚悟を決めていた。

これまでの議員人生の中で、垂水は、隠したり、ごまかしたり、嘘《うそ》をついたりしてきた。しかし、今回だけはやめようと思った。自衛官が命を懸けて戦っているのに、政治家が逃げるわけにはいかない。誰にも止めさせはしない。

「対応を間違えば、内閣など簡単に吹っ飛ぶぞ！」

また城山だ。

自分の椅子から立ち上がり、垂水の前に立って睨みつける。

「そんなことより、増援部隊が先ではないのか。今、全軍の力をもって、一気に敵を叩きにかからなければ、この戦《いくさ》、本当に負けるぞ！」

「城山さん」

ひとつ息をつくと、垂水は、真っ直ぐ城山を見上げた。

「戦後、数多くの政治家が、この国の針路を決めてきました。議論は百出し、議場には絶えず怒号が溢れていた。しかし、そんな彼らが一丸となって守り続けてきたことが、たったひとつだけあります。それは――」

垂水は立ち上がり、真正面から城山と対峙した。

「この国は、日本は――、絶対に戦争はしないという国民との約束です。軽々しく『戦』などという言葉を使わないでいただきたい」

怒りで朱に染まっていた城山の顔から、血の気が引いていく。

「官房長官。記者会見の準備を頼む」

石渡に向かって告げると、垂水は足早に歩き出した。

これまでと違う垂水の毅然《きぜん》とした態度に、会議室は静まり返っている。

城山は、目を泳がせながらその場に立ち尽くした。

7

『『はつゆき』から報告』

苦渋に満ちた表情で、船務長・中根が秋津の前に立った。

「軽傷多数。重傷者十五名。そして――」

そこで中根は、一瞬言葉に詰まった。

「死者、二名」

「え⁉」

海図台の前にいた新波が振り返る。

「死者だと⁉　誰なんだ！」

聞き返す声が上ずった。動揺していた。

「現在確認中です」

「そうか……」

――『いぶき』を守るために、『はつゆき』で死者が出た。

新波は、がっくりと肩を落とした。言葉が出てこない。

秋津の顔からも、いつもの涼しげな表情は消えている。

「瀬戸艦長には、乗員の治療と艦の修復にあたるよう伝えろ。重傷者のうち、動かせる者は、沖ノ鳥島にヘリで移送するように」

それでも口調は冷静だ。

「瀬戸艦長は重傷を負い、現在、副長が指揮を執っています」

新波は顔を上げた。

瀬戸は生きている。しかし、部下二人を死なせてしまった。

――瀬戸は今、どんな思いでいるのだろう。

その気持ちを考えると、胸が締めつけられる。

『はつゆき』副長に今の指示を伝えるよう中根に命じると、秋津は、レーダーディスプレイに向き直った。

新波は、秋津に目を向けた。

瀬戸は、自分たちの命を懸けて『いぶき』を守った。滝は、『いぶき』だけでなく、敵潜水艦の乗員の命も救った。

艦乗《ふなの》りは、お互いを信頼し、命を預け合いながら海の上にいる。いつもひとりで闘っている戦闘機乗りには、なかなか理解できないだろう。

だが、今――、秋津にはその意味が少しはわかったかもしれない。

そうあってほしいと新波は願った。

8

士官予備室のテーブルを前に腰を下ろした裕子と田中は、神妙な顔つきでうなだれていた。その横には、広報室員の井上が立っている。

「いやあ、かなり迫力のある映像でしたね」

インターネットで流れた映像のことを言っているのだ。

「我々の仕事ぶりが伝わったのは大変嬉しいんですが、許可なく映像を送るのは協定違反となります。じゃ、その衛星携帯、お預かりしますよ」

井上が手を伸ばすと、裕子は、うなだれたまま、黙って衛星携帯を渡した。

「あ、救命胴衣はちゃんと着けてくださいね」

それだけ言い残すと、井上は部屋を出て行った。

裕子と田中は、同時にため息をついた。

——これでもう取材はできない。おそらくこの部屋に缶詰めにされるだろう。

どっと疲れが出た。テーブルに肘《ひじ》をつき、両手で顔を覆う。

「これさあ」

落ち込んでいる裕子を元気づけようというのか、田中の明るい声が頭上で聞こえた。

顔を上げると、紙の長靴を手に田中が立っている。

長靴は、『はつゆき』を撮影しに部屋を飛び出したとき、裕子が踏んづけたものだ。

「近くのコンビニで毎年孫に買ってやるんだけどさ。楽しみに待ってんだよ。ナオちゃんって言うんだけどね」

それを裕子の目の前に置く。

「この取材が終わったらそのまま持って行ってやるはずだったんだけど……、なんかこれ、潰《つぶ》れちゃったからさ、食べちゃって。孫にはまた買うからさ」

長靴が破れ、そこからお菓子といっしょに緑色のカードがはみ出していた。なんだろうと思って抜き出し、二つ折りになっているカードを開く。

サンタの絵の横に手書きでメッセージが書かれていた。クリスマスカードだ。

『せかいはひとつ　みんな友だちなんだよ』

「いいこと書いてあるよね」

田中が笑顔を向ける。

裕子は、メッセージから目が離せなくなった。人間はどうして戦争なんてするんだろうと思った。

ボランティアでアフリカに行ったとき出会った人たち、大学で仲良くなった留学生たちの顔が浮かんだ。戦争や紛争を経験している人が多かった。今もまだ、その真っただ中にいる人もいる。

人生に絶望している人も確かにいたが、希望を持っている人のほうが多かった。自分たちの国にもいつか平和なときがくると信じていた。

――だから、私も信じたい。

この戦いはすぐに終わる。私も田中さんも、自衛官たちも、自分たちを待つ家族や恋人や友人の許に帰ることができる。

目を閉じてそれを祈ると、裕子は、カードをそっとテーブルに置いた。

V　海戦

1

――十二月二十三日　午後九時二十五分

『いぶき』ＣＩＣのディスプレイに、二つのマーカーが浮かんだ。

「前方に敵艦二隻！　駆逐艦です！」

「方位１‐９‐０、距離45マイル！」

「初島への針路上です」

船務長の中根らを介して、次々に報告が入る。

「あくまでも我々を阻止するということか」

眉をひそめてつぶやくと、新波は、何か考え込んでいるように見える秋津に顔を向けた。

えています」

「東亜連邦北方艦隊なら『ルサ』と『スレアグ』。両艦ともYJ95対艦ミサイルを備
「その二艦を無力化しなければならない」

「はい」

しかし、問題は、どうやって無力化するかだ。

葛城が立ち上がった。

「『いそかぜ』を先行させ、ハープーンで撃沈するのが確実かと思います」

――「ハープーン」……。

新波は目を剝いた。「捕鯨の銛《もり》」を意味するハープーンは、射程距離が長く、威力も凄《すさ》まじい。この対艦ミサイルを使えば、確かに敵艦は撃沈できる。しかし――。

「ハープーンを使えば艦《ふね》は沈む」

新波は立ち上がった。葛城と向かい合う。

「二艦で乗員六百名。その命を奪うのか？」

葛城は目を逸らした。

「そうなれば、敵はそれを理由に、間違いなく戦線を拡大してくる。それは『外交交渉に影響する戦闘は回避せよ』との司令部からの通達にも反する」

今度は秋津ににじり寄る。

「記者から情報が洩れ、国民の不安を煽《あお》る結果になっています。東亜の北方艦隊なら、洋上から日本本土を狙《ねら》える長距離ミサイルも装備しているはずです。これまでの状況を見るに、彼らに常識は通用しない。国際法も意味を持たない。ここで彼らを刺激して、万が一国民に被害が及ぶようなことがあれば……、あなたの言う『戦争』が起きます」

戦争――、という言葉に、ＣＩＣ内が静まり返った。新波の話に、誰もがじっと耳を傾けている。

「我々自衛隊は、その戦争を避けるためにある。我々の判断が戦争への引き金になる。それだけは自衛官として――、いや、艦乗《ふなの》りとして、認めることはできない！」

秋津は黙ったままだった。ディスプレイを見つめたまま微動だにしない。

――今回ばかりは、絶対にお前を止める。

「敵艦、向かってきます！」

重苦しい空気を破ったのは、レーダー員・川口からの報告だった。

時間がない。敵はどんどん近づいている。

そのとき、何かに気づいたかのように、秋津がディスプレイから顔を上げた。新波に目を向ける。

「副長。『いそかぜ』の主砲ならどうか。それなら敵は沈まない」

「主砲……」

思わず繰り返した。

射程距離が長く、データさえ打ち込めば真っ直ぐ目標に向かっていくミサイルと違い、主砲は射程距離が短く、しかも誘導することができない。砲撃するには敵のレーダー探知圏に入らねばならず、被弾の危険が増す。その上、艦砲射撃で目標を正確に捉えるには、射手の技量が大きくものをいう。

どうなんだ――？　というように、秋津が見つめてくる。

それだけの技量が海自にあるのなら任せよう。しかし、自信がないのならハープーンを使う。そう問われているようにも感じた。

ひとりの男の顔が浮かんだ。あの人ならやってくれるはずだ、と新波は思った。

「やってみよう」

秋津に向かって、新波はうなずいた。

無線を手にし、『いそかぜ』艦長の浮船《うきふね》一佐を呼び出す。

――敵艦は、撃沈するのではなく、戦闘不能のダメージを与えられれば充分。そのために主砲を使いたい。

そのことを伝えると、新波は最後に、こう付け加えた。

「『うらかぜ』砲雷長時代、術科競技で何度もトップを誇った腕を、是非見せていただきたい」

〈そんなおだてには乗らんが――〉

まんざらでもなさそうな口調で浮船が応える。

〈やれと言われれば、やるしかないよなあ……。了解〉

無線を置くと、新波は秋津に向き直った。

お手並み拝見――、とでも言いたいのか、秋津の顔にわずかに笑みが浮かんだ。

『いそかぜ』は戦闘態勢に入った。

ミサイルではなく主砲を使うという命令に、ＣＩＣには緊張感がみなぎっていた。一歩間違えれば、逆に自艦が撃沈されてしまう恐れがあるのだ。

「敵駆逐艦、速力25ノット、距離35マイル」

射撃管制員・勝木《かちき》の報告に、

「本艦の主砲射程は20マイル！」

浮船が声を上げた。

「向こうの主砲射程に確実に5マイルは優《まさ》る。この差を生かす！」

「艦長」

左隣に座る砲雷長の岡部《おかべ》が呼びかける。

「確かに、主砲なら敵艦への被害は最小限に抑えられますが、20マイルでは、こちらも向こうのレーダー圏に入らねばならず、かなり危険です。防衛出動が発令されているのに、何故敵に配慮するようなことを――」

「この日のための訓練だろうが」

「ま、やってみせようじゃないですか」

航海長の中村《なかむら》が言葉を挟んだ。

岡部はまだ不満げだ。

「しかし、敵の対艦ミサイルは必ずきます」

「ああ、くるだろうな」

浮船は、平然と言ってのけた。おそらく、こちらが射つ前に敵のミサイルが襲ってくる。それをかわせなければ一巻の終わりだ。

「艦長。砲撃には射程延長弾を使用してはどうでしょう」

岡部が提案する。

「延長弾なら射程は60マイルあります」

「そらあかん！」

即座に浮船は否定した。しかも関西弁で。

「え？」

岡部だけでなく、CICにいる全員が浮船に顔を向けた。

「延長弾ではピンポイントでの破壊はシンドイねん。20マイルまで接近して撃たなあかん！」

「あらら……」

中村が、笑いながら肩をすくめた。

「出ましたね、関西弁」

岡部も笑っている。

「ん？」

浮船がCIC内を見回す。誰もが楽しげに頬を弛めている。

「なんやねん、お前ら」

「艦長が本気モードになったしるしです」

中村が指摘すると、

「あかん。ほんまや」

今初めて気づいたというように、浮船はぽかんと口を開けた。

「そういうことなら、ま、しょうがないか」

岡部の言葉に、何人かが声を上げて笑った。

張り詰めていた空気が和んだ。隊員たちの気持ちがひとつになる。

全員が計器に向き直り、艦長の指示を待つ。

「よっしゃ！　ほな、みんな頼んだで！」

浮船は、大声で檄を飛ばした。

2

――十二月二十三日　午後十時五分
首相官邸の記者会見室には、百人を超える報道関係者が詰めかけていた。会見の様子は、テレビやネットでも生中継されている。

「我が国は今、東亜連邦による不当な侵略を受けております」

カメラのフラッシュを浴びながら、垂水は話し始めた。これまでの経緯は、記者たちにはすでに説明されている。

「敵戦闘機撃墜も、第5護衛隊群の戦闘も、憲法に定められた自衛のための戦闘です。現在の憲法解釈では、自衛権の行使について『国民の自由や安全、財産を守るために必要な最小限の武力行使は、当然のものとして認められる』となっています」

「総理、現代日報の今井《いまい》ですが」

垂水の話を遮るようにして、一番前に座っていた男が手を上げた。

「東亜連邦機の撃墜は、明確な交戦であり、武力行使ではないんでしょうか？」

「いえ。今ご説明しました通り、これは自衛権に基づいたものであり、交戦権の行使にはあたりません。ただし、武力行使において必要最小限を超えるものは認められない。我が政府は、これを厳守いたします。

東亜連邦は海上保安官を拘束し、我が国の領土を占拠しました。その上で自衛隊の護衛艦を攻撃し、多数の負傷者ばかりか、残念なことに複数の死者を出しています。今回の事態は、自衛のためのやむを得ぬ戦闘であります」

「東邦新聞の一ノ瀬《いちのせ》です」

二列目の真ん中にいた記者が手を上げる。

「今までのことが自衛のためのやむを得ぬ対応だったとして、これから先、戦闘がエスカレートし、例えば百機の東亜連邦機が攻撃してきたとしたら、その百機を全て撃墜しなければならなくなる。パイロット百人の命と共にです。世界は、それを戦争と言うのでは？」

「いえ、戦争ではありません」

垂水の背筋を、冷や汗が流れ落ちた。しかし、たとえあとで詭弁《きべん》だと非難されようが、ここは否定するしかない。自衛隊が踏ん張ってくれているときに、軽々しく「戦争」などという言葉を使うことなどできない。

「これはあくまでも自衛のための戦闘です」

垂水は口調を強めた。

「ただし政府は、事態の拡大を回避するために、あらゆる努力をしています。二度と戦争は起こしてはならない。過去の大戦を経て、私たちは憲法と共にそのことを誓いました。国民の皆さんは、不確かな情報に惑わされることなく、我々政府を信頼していただきたい」

集まった報道関係者をぐるりと見回すと、

「我が国は、絶対に戦争はしません」

最後に、垂水はきっぱりと言い切った。お辞儀をし、そのまま演壇を離れる。

「総理。東亜連邦との交渉は行なわれているんですか⁉　東亜連邦から声明のようなものは出ていないんでしょうか！」

「総理！　今回の事態は、『いぶき』就役に端を発しているとは考えられませんか⁉　どうですか？　総理！」

退席する垂水を追いかけるように、記者の質問が飛ぶ。しかし、もう垂水は答えなかった。そんな余裕はない。こうしている間にも、戦闘は続いているのだ。

3

『いそかぜ』のCICでは、警報音が鳴り響いていた。

敵の対艦ミサイルが接近している。

「対空ミサイル発射用意！」

岡部が命じる。

「いてまえっ！」

関西弁で浮船が叫ぶ。

「てえーっ！」

岡部の号令と同時に、『いそかぜ』甲板から、対空ミサイル「短SAM」が発射された。

真っ直ぐに上がったミサイルは、空中で角度を変え、敵ミサイルに向かった。

爆発音と同時に、夜空に真っ赤な炎が広がる。

その間を、ミサイルが一発突き抜ける。

「短SAM、敵ミサイル二発に命中！　一発、突入してきます！　距離10マイル。本艦到達まで二十秒！」

「CIWSや！」

すかさず浮船が命じる。

『いそかぜ』の甲板で爆音を轟かせ、20ミリ機関砲が火を噴く。

砲弾は、火花のような光点を夜空に瞬かせながら、一直線にミサイルに向かった。

『いそかぜ』の艦橋から数百メートル上空で爆発が起き、炎が上がる。

「全ミサイル撃墜確認！」

CICにいる全員が、安堵の息をついた。

「防げたやないか」

浮船も大きくひとつ肩で息をつく。

「やっこさんの動きはどうか!?」

「針路、速度変わらず。両艦とも接近中です。本艦との距離20マイル！」

レーダー員の松島《まつしま》がすぐさま答えた。

「間もなく主砲射程圏内に入ります」

岡部が続ける。

「よっしゃ！　砲撃の射線を確保や。『ルサ』の右へ回り込め！　面舵《おもかじ》いっぱい！　最大戦速！」

――今度はこっちの番や。

武者震いしながら、浮船はディスプレイを睨みつけた。

『いそかぜ』が針路を変えた。ディスプレイの上を移動するマーカーを、新波と秋津は、『いぶき』のCICで息を詰めて見守っていた。

『ルサ』の左舷に『いそかぜ』が回り込む。

もうすぐ主砲の射程に入る。

「頼むぞ、『いそかぜ』」

『いそかぜ』を示す緑色のマーカーに向かって、新波は言った。

裕子と田中は、パソコンのキーボードを打つ手を止めて、じっと耳を澄ましていた。

ついさっき、微かに爆発音が聞こえた。また戦闘が始まったのだ。

「沈まないよなあ……。沈むわけないよなあ……」

念仏を唱えるように、田中が口の中で繰り返す。

艦から逃げ出さなかったことを、またも裕子は後悔し始めていた。

「目標駆逐艦に対し、90度の位置に達しました！　射線確保！」

『いそかぜ』のCICで岡部が報告する。

「砲雷長。全目標一発ずつで仕留めえよ！　こっからは時間との勝負や。やっこさんに反撃の間、与えたらあかん！」

浮船が命じた。関西なまりはどんどん激しくなっている。

「了解！　全照準、射撃管制、手動にて行なう！」

岡部の言葉を合図に、甲板では127ミリ速射砲の砲塔が旋回を始めた。

砲身が上がる。

「第一目標——、敵駆逐艦『ルサ』。ミサイル発射筒、照準よし！」

勝木からの報告を受け、

「いてまえっ！」

浮船が叫ぶ。

「てえーっ！」

負けじと岡部が声を張る。

砲門が火を噴いた。

放物線を描いて砲弾が夜空を飛ぶ。

『ルサ』のミサイル発射筒に着弾。

爆発音と共に炎が噴き上がった。

「第一目標、命中確認！」

勝木の叫びに、浮船は小さくガッツポーズした。

「第二目標、前甲板対空ミサイル発射筒。照準よし！」

間髪入れずに勝木が続ける。

「いてまえっ！」

「てえーっ！」

二発目の発射――。127ミリ速射砲が再び火を噴く。

「艦長！」

そのとき、航海長の中村が声を上げた。

「『スレアグ』が向かってきます！　10時の方向、距離16マイル！」

「おう！」

覚悟はしていた。しかし、二艦同時に相手はできない。

「『ルサ』を仕留めてからや！」

焦る気持ちを抑えながら浮船は命じた。

「第二目標、命中確認。第三目標、後甲板魚雷発射管。照準よし！」

「続けて、いてまえっ！」

浮船の声がCICに響く。

「『ルサ』の全目標に命中確認！」

『いぶき』CICでは、全隊員が固唾《かたず》を呑んで戦況を見守っていた。

「『スレアグ』、『いそかぜ』に向かっていきます！」

船務長の中根が新波と秋津に告げる。

「10時の方向。距離15マイル！」

「12マイルで射ってくる」

新波はつぶやいた。

――それまでに仕留められるか？

ディスプレイの上で接近する二つのマーカーを見つめながら、新波は、音を立てて唾を呑み込んだ。

「『スレアグ』接近！　針路変わらず。距離14マイル！」

『いそかぜ』の射撃管制員・勝木の声が、さらに張り詰める。

「砲雷長。次も前甲板の主砲やで！」

岡部が浮船に顔を向ける。

「また主砲ですか？」

「ああ」

浮船がうなずく。

「こいつは射線確保の手間なしや。やれ！」

「はっ！　目標、前甲板主砲！」

岡部が指示したとき――、突然、警報音が鳴り始めた。

「敵艦からレーダー波！　ロックオンされました！」

レーダー員・松島が声を上ずらせる。

「照準よし！」

勝木が告げる。

「いてまえっ！」

「てえーっ！」

浮船と岡部が続ける。

砲門が火を噴く。

〈『いそかぜ』！　砲撃がくるぞ！〉

今度は、スピーカーから新波の声が響いた。

「あっ！　あーっ！」

ディスプレイに目を落とした浮船は、椅子から跳び上がった。

「両舷停止！　後進いっぱい！」

両腕をぐるぐる回しながら大声で命じる。左右に舵を切っても間に合わない。一か八《ばち》か後ろに下がるしかない。

「急げ！　バックや、バック!!」

「両舷停止！　後進いっぱい、急げーっ！」

必死の形相で航海長の中村が復唱する。

〈かわせーっ！〉

新波の叫び声が聞こえる。

いったん止まった『いそかぜ』は、全速で後進を始めた。

艦が軋んだような音を立て、海上では波が大きくうねる。

次の瞬間、空気を切り裂く音を上げながら砲弾が飛来する。

艦首からわずか十メートルほど離れただけの海上に、それは落下した。

巨大な水柱が上がり、艦が激しく揺れる。

「かわした！」

岡部が歓喜の声を上げる。

「あたらんかった……」

浮船は、脱力しながら椅子の背にもたれた。

「『スレアグ』の目標に命中！」

勝木の報告に、『いそかぜ』ＣＩＣの隊員は、一斉に安堵のため息をついた。

「ようやった。みんな、ほんまにようやった」

隊員ひとりひとりに、浮船は、満面の笑みを向けた。

4

「敵は二艦とも無力化されました」

「『いそかぜ』は無傷です」

葛城と中根の報告を聞くと、『いぶき』ＣＩＣの隊員たちは、揃って歓声を上げた。

「さすが浮船さんだ」

新波も笑った。

一艦で二艦を無力化し、しかも自艦は無傷のまま——。そんな芸当はなかなかできるものではない。

ただ、秋津だけは冷静な表情のままだった。

「群司令に報告してくる」

それだけ言うと、足早にＣＩＣを出て行く。

そのあとを、新波は追った。通路を歩いていた秋津の背中に、「艦長」と声をかける。

秋津が立ち止まり、振り返る。

「極力、死者は出したくない。味方にも、敵に対しても」

いきなり新波は言った。

「気持ちは同じと思っていいですね？」

すぐには、秋津は言葉を返さなかった。新波に視線を向けたまま、しばらくの間じっとその場にたたずんでいた。

「あの二艦を沈めれば、国際人道法上、我々は生存者救助に向かわなければならない。特に副長、貴官はそれを強硬に主張したろう。波留間海域への到着が急務である我が艦隊に、今、それをする余裕などない。それだけだ、新波さん」

――新波さん……。

艦橋で対峙したときには「新波二佐」と階級をつけて呼んだ。それが今は「さん」づけだ。つまり、ここでは階級は抜きということだ。

「懐かしいな」

昔を思い出し、新波は、ふっと頬を弛めた。

「防大五十四期の中で、仲間を『さん』づけするのは、秋津竜太、お前だけだった」

秋津の顔にも、微かに笑みが浮かぶ。

「俺はあの頃から変わらない」

新波は続けた。

「我々は戦争する力を持っている。しかし、絶対にやらない。今もそれは肝に銘じてここにいる」

「戦わなければ守れないものがある」

秋津は、すぐに言葉を返した。

新波がため息を漏らす。

「その違いも、ずっと変わらないようだな」

「いや……、同じところがひとつだけある」

「同じところ？」

秋津の言葉に、新波は小首を傾げた。

「二人目が生まれるそうだな？」

「え？」

「君の子どもたちが将来に夢を持ち、安心して暮らせる――。日本はそんな国でなくてはならない。その日本を守りたいという気持ちは、誰もが同じだ」

一瞬、驚きに目を見開いたが、すぐに新波は、小さく声を上げて笑った。

「独身のお前から、そんな言葉が出るとはな」

プライベートの話など、これまで一度もしたことがなかった。

「防大のときから、誰とも群れようとしないお前には、空自がお似合いだと思ってた」

昔から秋津には「孤高」という言葉がよく似合っていた。

「こっちは――」

秋津が言葉を返す。

「この艦に乗って半年。未《いま》だに新波さんが海自を選んだ理由がわからない」

「艦に乗るということは、互いの命を預けているということだ」

それは、極限の信頼関係だ。人生の中で、そんな関係を持てる仲間と出会えることはそうはない。そんな仲間たちと共に、自分は自衛官としての人生を全うしたい――。そう思った。それが艦乗りになった理由だった。

「戦うときも死ぬときもたったひとりの戦闘機乗りに、それが簡単にわかってもらえるとは思えんがな」

笑いながら新波は言った。

しかし、これまでの艦乗りの戦い方を見て、それが少しは秋津にも理解できたのではないかと思った。

それに、敵艦の撃沈を思いとどまった理由を、「生存者救助のための時間ロスを考えてのことだ」とさっきは言ったが、本心は違うだろう。秋津とて戦争は望んでいないはずだ。

「これから、さらに厳しい戦いとなる」

それまでの柔らかな表情を消し、秋津は、一転して険しい顔つきになった。

「わかっている」

新波も表情を引きしめる。

秋津が歩き出す。それを見て、新波も踵を返した。

5

「第3次世界大戦勃発《ぼっぱつ》⁉」

「日本に空母なんかあったっけ？」

「戦争……、だと？」

「戦争は政府の責任！」

「閣僚の息子と孫をまず最前線へ送れ！」

「政府がアホやから戦には勝てん」

「明日10時から国会議事堂前で平和デモやります！」

「国外逃亡の準備しなきゃ」

——等々。

『はつゆき』炎上の動画と垂水首相の記者会見を受け、様々な短文がSNS上に溢れ返った。日本国中が騒然となっていた。

「裕子の動画が火を点《つ》けちゃったか……」

藤堂の後ろからパソコン画面を覗き込み、桂子が漏らした。

「でも、大丈夫なんですかね、裕子さん」

夜食のコンビニおにぎりを頬張りながら、藤堂の横に座る真奈がつぶやく。

「大丈夫って？」

藤堂は真奈に顔を向けた。

「だって、あの映像、絶対許可なしで送ってますよ。勝手なことして、今頃、身柄拘束されてたりして」

「ああ、そうか……」

藤堂が渋い顔になる。

「――ってことは、もう新しい映像は無理そうだな」

「でも、裕子さん美人だから、案外味方してくれる自衛官もいたりして」

真奈は、笑いながら肩をすくめた。

「味方ねえ……」

二人の背後で、桂子はつぶやいた。

いくら規律の厳しい自衛隊とはいっても、いろんな人がいるはずだ。『いぶき』には七百二十人も自衛官が乗っているのだから、確かに誰かひとりくらい、こっそりジャーナリストに味方してくれる人がいてもいいような気がする。

――ま、しかし、あんまり期待はできないだろうな。

桂子は、苦い表情でため息をついた。

6

「失礼します」

ノックの音と同時に声がしたかと思うと、広報室員の井上が士官予備室のドアを開けた。ナプキンを被せたトレイを手にしている。

裕子と田中は、パソコンで記事を書いているところだった。にこやかな顔で二人に近づくと、井上は、テーブルの上にトレイを置いた。

「艦長からの差し入れの非常食です。冷めないうちにどうぞ」

艦長から、という言葉を、井上は強調した。少しだけ戸惑いながらも、裕子と田中が揃って礼を言うと、井上は笑顔で踵を返した。そのまま、さっさと部屋を出て行く。

「へーっ……、艦長直々の差し入れか」

二人きりになると、田中は早速ナプキンに手を伸ばした。

食欲はまるでないが、その心遣いはありがたい。

「え……？」

ナプキンを取った田中が声を上げた。

遅れてトレイの上を見た裕子も、驚きに目を丸くした。

非常食用の缶詰の横に、衛星携帯が載っていた。

7

ドアがノックされ、総理執務室に沢崎が入ってきた。

「先ほど、安保理が始まりました」

ソファに座っている垂水と石渡に向かって報告する。

「各国には、これまでの経緯を可能な限り説明してあります。しかし、それぞれの思惑もあって、結論が出るのには時間を要するかと」

「できれば関わりたくないってこったろう」

石渡が苦々しい顔つきになる。

「欧州局が、フランスのアバロ外相とアポを取りました。四十五分後に城山外務大臣と電話会談です」

「他の常任理事国とは？」

「現在、外交チャンネルを通じて交渉中です。議長国のエチオピア、非常任理事国のウクライナ、ウルグアイ、イタリア。G7議長国のカナダ。片っ端から電話会談のアポを取るよう、国連代表部に伝えています。今の時代、国家間戦争はグローバル経済のリスクにしかならないということはみんな承知していますから、うまく焚《た》きつければ、国連の対応も変わってくるはずです」

「頼む」

最後にひとこと、垂水は声をかけた。

沢崎が、足早に執務室をあとにする。

ソファから立ち上がると、垂水は窓に歩み寄った。

「自衛官は、戦後の歴史を背負って、今、懸命に戦っている」

夜景に目を向けながら、垂水はひとりごとのように言った。

「俺たち政治家が、舵取りを間違えるわけにはいかない。絶対に……」

頭上には、東京には珍しく、きれいな星空が広がっている。この同じ空の下で戦闘が行なわれていることが嘘のように思えた。

しかし、戦いは続いている。

――なんとしてでも、一刻も早く終わらせなければならない。

唇を噛みしめ、大きくひとつ肩で息をつくと、垂水は夜空に背を向けた。

Ⅵ　空戦

1

――十二月二十四日　午前零時二十分

「また各国の潜水艦が姿を現しました。追尾は続いているようです。しかも、一艦増えています」

『いぶき』の船務長・中根の報告に、秋津は眉をひそめた。

「一艦増えた？　どこだ」

「中国艦です」

ソナー員の畑中が即答する。

「国連主要各国が勢揃いというわけか」

言いながら、中根がマーカーの数が増えたディスプレイに目を落としたとき――、

〈『イーグル・アイ』から『いぶき』へ〉

早期警戒管制機から連絡が入った。

「こちら『いぶき』」

中根が応える。

〈敵空母から『ミグ35』発艦。計十機が『いぶき』に向かいました。高度30000フィート、速度マッハ1・5。到達まで三十分！〉

新波は眉をひそめた。

――十機となると、戦闘機無しでは守り切れない。

応急長からは、つい五分前に、エレベーターの修理が完了したと報告が上がっていた。ぎりぎり間に合った。

ヘッドセットをつけると、

「第92飛行群、出撃準備！」

秋津は、鋭い声で告げた。

〈繰り返す。第92飛行群、出撃準備！〉

スピーカーから響く命令に、ブリーフィングルームにいたパイロットたちは、一斉に立ち上がった。

2

淵上は、飛行甲板を一望できる飛行管制所の窓際に立った。

〈淵上群司令、これは訓練ではない。戦闘だ〉

ヘッドセットをつけた耳に、秋津からの指令が届く。

〈敵機を捕捉したら、撃墜を許可する〉

「はっ！」

撃墜――、という言葉に身が引きしまる。淵上は、思わず直立不動の姿勢を取った。

〈パイロットへの指示は？〉

「まず警告。向こうが射つまで射つな、と」

〈付け加えろ。一機も失うな。迷ったら射て〉

「はっ！」

淵上は眼下に目をやった。

甲板では、アルバトロス隊の1番機がスタンバイしていた。コクピットにいるのは、隊長の迫水《さこみず》三佐。現在のエースパイロットだ。

〈迷ったら射て。艦長のお言葉だ〉

ヘルメットの中で、淵上の声が響く。

「迷ったら……、射ちます」

迫水は繰り返した。

轟音《ごうおん》を響かせながら、『アルバトロス1《ワン》』が動き出す。

スキーのジャンプ台のように跳ね上がった滑走路を飛び出すと、後続機を待つために上空を旋回した。

『アルバトロス2《ツー》』では、柿沼《かきぬま》一尉がスタンバイしていた。

──迷わぬためのお守りだ。

柿沼は、まだ幼い娘と妻の笑顔のツーショット写真を、計器の隙間に挿し込んだ。

〈『アルバトロス2』、発艦用意！〉

「了解」

前方に顔を向けると、柿沼はエンジンの出力を上げた。

ＣＩＣでは、秋津がディスプレイを睨みつけていた。

次々に発艦したアルバトロス隊五機が、敵の十機に近づいていく。

五対十――。厳しい戦いになることを、秋津は覚悟した。

艦橋では、新波がアルバトロス隊の発艦の様子を見守った。

迷ったら射て――。秋津が淵上に伝えた指示も聞こえていた。

秋津は、空自の元エースパイロットだ。空戦については、門外漢の自分が口出しできることはない。ただ、戦死者が出ないことだけを新波は祈った。

3

『F36J』五機編隊のアルバトロス隊は、夜空を切り裂くようにして目標に向かった。

あとわずかで、敵編隊と正対することになる。

「五対十。迷ったら射てか……。もう、迷ってる」

迫水はつぶやいた。実戦など、もちろん初めての経験だ。自分が射ったミサイルが命中すれば、おそらく相手は死ぬ。そして、もし逆に射たれれば、自分が……。

そこまで考えたとき――、

〈『イーグル・アイ』からアルバトロス隊へ！〉

ヘルメットの中で声が響いた。

〈『ミグ35』前方の五機がミサイルを発射した！　計十発。距離50マイル〉

いきなり十発のミサイル。

――迷っている暇などない。

「『アルバトロス1』より全機へ！」

迫水は腹に力を込めた。

「武器使用許可！　ウエポンズ・フリー！　各自、目標と交戦せよ。いくぞ！」

敵ミサイルを避け、アルバトロス隊五機が散開する。

そこにミサイルが襲いかかる。

〈フレアだ！〉

迫水は命じた。

散り散りになっていた五機の機体から、敵ミサイルの赤外線センサーを狂わせるための囮弾フレアが発射される。

大量の金属粉が、火の玉のように燃えながら空中を舞う。

アルバトロス機を追尾していた敵ミサイルが、まき散らされたフレアに接触して次々に誘爆する。

『いぶき』ＣＩＣでは、秋津が瞬きもせずディスプレイを見つめていた。マーカーはまだひとつも消えていない。被弾報告もない。

「ＣＩＣより『アルバトロス１』」

秋津は、直接迫水に呼びかけた。

「ミサイル射程距離を保ち、二対一の状況を回避せよ」


「了解！」

迫水は応えた。

「『アルバトロス１』より全機へ。十機全てを相手にするな。上昇中の敵編隊をアルファ、前方編隊をベータとし、アルファの左翼上方へ回り込む。ベータには構うな。目標アルファの五機！　各自獲物を決めて攻撃しろ！」

迫水は、目の前に表示されている敵機のマーカーに視線を向けた。

ヘルメットには、ヘッドマウントディスプレイと呼ばれる表示装置が備わっている。機体の六か所に設置された赤外線カメラで、下方はもちろん、機の全周がバイザーに視覚化されており、顔を向けた方向に照準を合わせることができる。いわば「神の目」だ。

「距離25。今度はこっちの番だ」

迫水は敵編隊の一番右端に、自らのターゲットを絞った。

「やり返すぞ！」

迷いは、すでに微塵《みじん》もない。

迫水は、訓練通りの手さばきで操縦桿《かん》を巧みに操った。

レーダーが敵機を捉え、そこに照準を合わせる。

ロックオンしたことを知らせる電子音が鳴る。

迫水は、ミサイル発射ボタンを押した。

『アルバトロス1』から発射されたミサイルは、真っ直ぐ敵機に向かった。

被弾を避けようと、フレアをまきながら敵機が急旋回する。それに合わせてミサイルも空中でカーブを描く。

フレアの幕の間をかいくぐったミサイルが敵機に追いつく。

夜空に打ち上げられた花火のように、真っ赤な炎が宙に広がる。

『アルバトロス2』から発射されたミサイルも、敵機に追いつこうとしていた。

――命中する。

そう思ったと同時に、前方で炎が上がった。

それを見て、柿沼は、一瞬だけ身体を震わせた。

――俺は、人を殺した。

しかし、感傷に浸っている余裕などなかった。

〈10時の方向、敵ミサイル！〉

迫水の声が響いた。

歯を食いしばりながら、柿沼は、機を急旋回させた。

フレアをまきながらアルバトロス機が逃げる。

火の玉の壁に阻まれ、ミサイルが次々に誘爆する。

逆に、アルバトロス機から発射されたミサイルは、的確に目標を捉えた。

「アルファ四機目、撃墜確認！　アルバトロス隊、一機も被弾報告ありません」

「これだけ射たれて、一発も受けないとは」

『いぶき』の追尾担当士官・郷原から戦況報告を聞いた中根が、横に立つ秋津に驚きの表情を向けた。

「残っている敵は六機です」

葛城が告げる。

「通常、帰還するパイロットは、追撃に備えてミサイル一発は残す」

ディスプレイに目を向けたまま、秋津は言った。

「つまり、彼らのミサイルは残り六発。空戦は大量の燃料を消費する。帰艦する距離を考えれば、あと二、三分が限界だろう」

「では、アルバトロス隊の完勝ですか？」

中根の言葉に、秋津はわずかに眉根を寄せた。

「その時間を耐えれば、の話だ」

『アルバトロス２』の機内で、警報音が鳴り響いた。

「ロック・オンされた！」

柿沼が声を上げる。

〈『イーグル・アイ』からアルバトロス隊へ！　敵機、ミサイルを発射！　六機同時発射だ。回避行動を！〉

柿沼は、バイザーに浮かんだ表示を確認した。そして、目を剝いた。

「『アルバトロス２』より『１』へ。ミサイル六発、全て本機へ！」

――狙い射ちだ。

〈六発全て⁉〉

迫水も驚いている。

〈『アルバトロス２』、ブレイクライト！　海へ逃げろ！〉

「了解！」

フレアは全て射ち尽くしている。自力でかわすしかない。

『アルバトロス２』の機体が大きく傾いた。

旋回しながら、海面へ向かって急降下する。

六発のミサイルが追尾する。

〈柿沼、耐えろ！〉

迫水の声が聞こえる。

しかし、意識がはっきりしない。脳がミシミシと音を立てる。急激な降下でＧ（重力加速度）がかかり、血液が頭部に集中しているのだ。

雲が切れて、海面が見えた。

――海面高度６０００でプルアップだ。

薄れ始めた意識の中で、それだけを考える。

そこまで耐えて機を水平に戻せば、ミサイルは海面に飛び込んでくれる。
――しかし、それまで身体が持つかどうか……。
〈柿沼、耐えろ！〉
迫水の声が小さくなる。
瞼《まぶた》が重い。頭が真っ白になっていく。
〈いかん、柿沼！ ベイルアウト《緊急脱出》だ!!〉
迫水の叫び声に、わずかに意識が戻る。
〈速度を落とせ！ 脱出しろ！〉
――機を捨てろというのか？
「隊長……、こいつは一機……、百五十億――」
〈バカやろう！ 機体は替えがきく。お前は、替えがきかん！〉
――替え？
〈柿沼、ベイルアウトだ!!〉
ようやくわずかに開いた目の先に、妻と娘の写真が見えた。
――俺の、替えは、きかない……。
一瞬、意識が戻った。震える腕をイジェクションハンドルに伸ばす。
妻と娘の姿を思い浮かべながら、ハンドルを引く。

キャノピーが吹き飛んだ直後、柿沼の身体は、シートごと外に飛び出した。

機はそのまま降下を続けている。そこに六発のミサイルが殺到する。

海面すれすれで、次々にミサイルが命中した。

爆発音と同時に巨大な炎が上がり、バラバラになった機体が空中に四散する。


〈柿沼あああっ!〉

迫水の咆哮《ほうこう》が『いぶき』CICに響き渡った。

「敵機、離れていきます」

郷原の報告に小さくうなずくと、

「柿沼一尉の生存確認。同時に敵機パイロットの生存確認も怠るな」

秋津は、冷静な表情で告げた。

4

アルバトロス隊の四機は、無事『いぶき』に着艦した。

その足で、迫水は、飛行管制所にいる淵上の許に向かった。

「ご苦労だった。素晴らしい戦いぶりだった」

淵上は、まずそう言って労をねぎらってくれた。しかし、その表情は険しい。柿沼はまだ発見されていない。

「あの速度での脱出は、かなり危険です」

自然と口調が重くなる。迫水は薄く目を閉じた。何もできなかった自分が悔しかった。

「生存を信じよう」

あえて明るい表情で、淵上は言った。

確かに、今はそれを祈るしかない。

扉が開く音に振り返ると、秋津が管制所に入ってくるところだった。

「艦長……」

迫水は、直立不動の姿勢を取った。

「一機も失うなという指示でしたが……」

うつむき、拳を握りしめる。

正面に秋津が立った。

「敵の空母には六十機、我々は四分の一の十五機だ。四機落としても一機失えば痛み分け。敵もそう判断している」

敵機は、艦隊には向かわず、全機がドッグファイト（空中戦）を挑んできた。数にものをいわせて、こちらの機の数を少しでも減らしておきたいと考えたのだろうが、その目論見《もくろみ》は成功したとはいえない。ただ、こちらも貴重な機を失ってしまった。

「戦闘はさらに厳しいものになるだろう。覚悟してくれ」

いつもの涼しげな表情でそれだけ言うと、秋津は管制所を出て行った。

――痛み分けか……。

秋津の言葉が胸に響いた。

「四機落として浮かれるなということでしょうか」

二人きりになると、迫水は淵上に尋ねた。

「いや、貴様に礼を言いたかったんだ」

「礼？」

迫水が目を細める。

「柿沼一尉をベイルアウトさせたことだ」

――機体は替えがきく。お前は、替えがきかん。

あのとき、思わず口をついて出た言葉を思い出した。

柿沼は、海面すれすれで機をプルアップさせるつもりだった。それを、自分は止めた。ベイルアウトを命じていなければ、おそらく柿沼は、機と共にバラバラになっていただろう。

「あの人の言う『一機も失うな』は、『ひとりも失いたくない』ということだ」

淵上の言葉に、迫水は唇を震わせた。

——艦長は、自分と同じ思いだった。

それを知って、少しだけ胸のつかえが取れたような気がした。

窓の前まで歩くと、迫水は外に目を向けた。柿沼が漂っているはずの海面は遠く、救難ヘリの姿は見えない。しかし、今も懸命の捜索が続いているはずだ。

——生きていてくれ。

真っ暗な海面を見下ろしながら、迫水は祈った。

暗闇の大海原で、ぼんやりと妻と娘の笑顔が見えた。

柿沼は、朦朧《もうろう》とした状態で波に漂っていた。

その手は、しっかりと写真を摑んでいる。

——俺は、まだ生きてる。

どこからか、ヘリコプターの音が近づいてきた。

サーチライトが移動し、目の前が真っ白になる。

光が自分を照らしたのだとわかった。

〈柿沼一尉発見！　生存確認！　柿沼一尉発見！　生存確認！〉

スピーカーから響く報告を聞き、『いぶき』CICにいる隊員たちは笑顔で顔を見合わせた。

秋津は、無言のまま計器盤を見つめていた。

その頬が、わずかに弛んだ。

艦橋にいた新波も報告を耳にして「よし！」と声を上げた。

救難ヘリは、柿沼発見の前に、敵パイロットひとりも救助していた。撃墜された五機のパイロットのうち、二人が助かったということだ。

東亜連邦のパイロットを自分たちが救助したという情報が、向こうにうまく伝わればいいのだが、と新波は思った。それが、相互理解に向けての第一歩になるかもしれない。戦闘を止めるきっかけになってくれれば、こんなに嬉しいことはない。

もちろん、現実がそんなに甘くないことはわかっている。しかし、それがどんなに小さな希望でも、捨てたりあきらめたりしてはいけない。これ以上の人命が失われることだけは避けたかった。

――とにかく、二つの命が助かった。それだけでも朗報だ。

新波はマイクを握った。

「副長から達する！」

声を張り上げる。

「各部、交替で食事をとれ。皆、腹減ったろう。ひとまずメシだ！」

隊員の中には、ぎりぎりの精神状態で任務に就いている者もいる。気分転換が必要だと思った。柿沼生存の報を聞いて、隊員たちは沸き立っている。メシを食べるタイミングとしてはこの上ない。

5

救難ヘリが『いぶき』甲板に着艦した。

すぐに数人の隊員が駆け寄り、二つの担架がヘリから運び出される。ひとつには柿沼、もうひとつには敵パイロットが載せられている。

柿沼は、はっきり意識が戻っていたが、敵パイロットはまだ朦朧としている様子だ。

担架に寝かせられたまま、甲板を横切って運ばれる。

「歩けるよ」

顔を上げると、柿沼は、担架の後ろを持っている石田《いしだ》海曹長に声をかけた。

「ダメです。寝ていてください」

怖い顔で石田に睨まれる。

仕方なく頭を下げ、隣の担架に顔を向けると、ちょうど敵パイロットが目を開けるところだった。浅黒い顔に縮れた黒い髪の毛、目はぱっちりとした二重瞼だ。自分と同じ二十代半ばぐらいに見える。

男も首を捻《ひね》り、柿沼を見た。目が合った。

戦闘が終われば、もはや敵でも味方でもない。同じパイロットだ。

柿沼は、男に笑顔を向けた。男も微笑んだように見えた。

しかし、次の瞬間――、
男の目は、柿沼の担架を前で持っている隊員の太腿《ふともも》に向いた。そこには、ホルスターに入った拳銃《けんじゅう》がある。

「おい！」

柿沼が叫ぶのと、男が担架から跳び下りるのは同時だった。

両手が使えない隊員に襲いかかり、男がホルスターから拳銃を摑み取る。

「やめろ！」

叫びながら柿沼が男に跳びかかる。二人はもみ合いになった。

周りを囲んでいた隊員たちが、一斉に二人に向かう。

甲板に銃声が轟いた。

士官予備室にいる裕子と田中にも、銃声は聞こえた。

二人は同時に顔を上げた。

「銃声？」

田中が顔をしかめる。

弾かれたように立ち上がると、裕子はカメラを手に走り出した。

「あ、出ちゃ危ないって！　ダメだよ！」

背後で田中の声がしたが、裕子は止まらなかった。

部屋を飛び出しながら、「怖《おそ》れるな」と自分に言い聞かせた。ここで怖れたら負けだ。ここで起きていることは、全て記録しておかなければいけない。それが今、自分たちがこの艦にいる意味なのだ。

銃声を聞いた他の隊員たちに混じって通路を走り、階段を駆け上がった。部屋を出るときから、カメラは回しっ放しにしていた。

甲板に出ると、仰向《あおむ》けになって隊員がひとり倒れているのが見えた。胸から血が流れているのがわかる。その隊員の横では、別の隊員が呆然とした様子でひざまずいている。

数メートル離れた場所では、東亜連邦の戦闘員らしい男が、尻もちをついた格好で身体を震わせている。

カメラを構えながら、裕子は、ぎょっとしてその場に立ちすくんだ。隊員のひとりが、拳銃を敵の男に向けていたのだ。指は引き金にかかっている。その周りには数人の隊員がいたが、誰も彼を止めようとしていない。

「この野郎！」

拳銃を構えている隊員が、声を震わせた。

「よくも……」

言いながら、引き金を絞ろうとする。

「射つな！」

そのとき、裕子の背後から人影が躍り出た。秋津だった。

「射ってはだめだ！」

隊員の横に駆け寄り、銃身に手を置く。

銃口を下に向けると、秋津は、隊員の手から拳銃を取り上げた。

「艦長！　こいつは柿沼一尉を――」

悲鳴のような声を上げる隊員に向かい、

「彼は、もう武器を持っていない」

静かな口調で、秋津は告げた。

「助かったんだ！　生きていたんだ！　なのに――」

涙声で訴えながら、隊員がその場に崩れ落ちる。

二人の会話を聞いて、ここで何が起きたのかを裕子は悟った。

カメラを持つ手が震えた。悲しくて、辛《つら》くて、キリキリと胸が痛んだ。

敵の戦闘員の前で、秋津は膝《ひざ》をついた。

「It must've been cold out there in the ocean.（海は冷たかっただろう）」

震えながら、男が秋津を見る。

「It's Christmas Eve today. I don't know about your country, but in Japan, we celebrate this day regardless of religion. We just wish to spend this day peacefully.（今日はクリスマスイブだ。君たちの国ではどうか知らないが、日本では信じる神に関わりなく祝ってる。今日一日ぐらいは穏やかでありたいと）」

涙がこぼれ落ちたかと思うと、男は声を上げて泣き出した。

「彼を拘置室へ。何か温かいものを飲ませてやれ」

振り返ると、秋津は命じた。

隊員たちが周りを囲み、男の腕を取って立ち上がらせる。

裕子の背後から、別の人影が前に進み出た。新波だ。

仰向けに倒れている犠牲者の許にゆっくり歩み寄ると、新波はその横にひざまずいた。

目を見開いたままの亡骸《なきがら》の顔にそっと手をあてて瞼を閉じ、取り出したハンカチで口許の血を拭《ぬぐ》う。

「柿沼一尉を」

立ち上がると、新波は命じた。

「はい」

数人が駆け寄り、遺体を担架に載せる。

その様子を秋津がじっと見つめていることに、裕子は気づいた。担架を見送ったあと、新波もまた、秋津に顔を向けた。二人の視線が交わる。

田中は、二人の間には確執があるとほのめかしていたが、むしろ、お互いを見る二人の視線に、それはまるで感じられない。そこにあるのは、「信頼」、あるいは「友情」といった感情のように思える。少なくとも、敵対している者同士が交わす視線には見えない。

「各自、持ち場に戻れ」

甲板に残った隊員に向かって新波は命じた。

「本多さん」

田中に促され、裕子も甲板をあとにした。

士官予備室に戻るとすぐに、田中は提案した。

「映像を送ろう」

「え？」

戸惑う裕子に真っ直ぐ顔を向ける。その表情はいつになく真剣だ。

「ここで起きていることを、日本中の——、いや、世界中の人に知ってもらうんだ。それができるのは私たちだけなんだよ」

「でも、世界中って……」

「カメラに向かって、本多さんが、今思っていることを素直にしゃべってくれればいいと思う。私が英語に翻訳するから。今撮った映像といっしょにそれを送ればいい」

ふと、テーブルの上のクリスマスカードが目に入った。

『せかいはひとつ　みんな友だちなんだよ』

——射つな！

秋津の声が頭の中でこだまする。

続いて、犠牲者の瞼をそっと閉じる新波の姿。

それは全て録画されている。

「しっかりしろ」

ぼんやりしている裕子に、田中が声をかけた。

田中に目を向けると、裕子はゆっくりうなずいた。

伝えることが、自分たちの義務であり責任だ。そして国民には、いや、世界中の人々には、知る権利がある。

田中は三脚を広げた。

その上に、裕子はカメラを固定した。

6

沢崎が総理執務室に入ってきた。

「城山さんの、電話会談のほうはどうなってる?」

まず、石渡が聞いた。この五時間ほど、城山は、各国の外相に片っ端から電話をかけているのだ。

「現在、中国大使と電話会談中です」

「そうか」

垂水がうなずく。

「すでに八か国の外相と電話会談を終えていますが――」

そこで沢崎は、わずかに口許をほころばせた。

「城山外務大臣、まだまだやる気ですよ」

「ああ見えて、国を思う気持ちは人一倍強いからな」

石渡も笑みを浮かべた。

そのとき、ドアがノックされ、沢崎の部下が慌てた様子で部屋に入ってきた。

「野村《のむら》国連大使に、たった今、安保理の議長から電話が入りました」

顔を上気させながら伝える。

「きたか」

垂水は立ち上がった。

――安保理で何が話し合われ、どんな結論が出たのか。

その内容に日本の運命が委ねられている。

石渡にも沢崎にも目もくれず、垂水は、大股《おおまた》で執務室を出た。

Ⅶ 終戦

1

——十二月二十四日　午前四時十五分

『いぶき』CIC内で、警報音が鳴り始めた。

〈『イーグル・アイ』から『いぶき』へ。敵空母から戦闘機発艦！〉

「対空警戒を厳となせ！」

すぐに秋津が命じる。

——おいでなすったか。

新波は、秋津と並んでレーダーディスプレイに目を向けた。『イーグル・アイ』のデータがリンクする。

最初に四個の赤いマーカーが、その直後に二十個のマーカーが浮かんだ。あとから現れた二十個は、最初の四個の後方に続く編隊だ。

「先発隊は四機。本隊を合わせれば二十四機だ。今度は対艦ミサイルもくる」

空中戦だけでなく、艦隊そのものを標的に攻撃してくるというのが秋津の読みだ。

「アルバトロス隊の機体は整備中です。上がれるのはスパロウ隊とピジョン隊の計十機です」

中根の報告を受け、

「スパロウ隊、ピジョン隊、出撃準備！」

秋津は命じた。

「艦内閉鎖を確認し、敵機の攻撃に備えます！」

艦橋で指揮を執るため、新波はＣＩＣを飛び出した。

「スパロウ隊、ピジョン隊、準備出来次第発艦せよ」

「了解」

秋津の命令に飛行管制所にいる淵上が応えたとき、扉を開けて迫水が入ってきた。

「私に行かせてください。敵機の癖はわかってます」

迫水が詰め寄る。

ほんの一瞬だけ、淵上は迷った。通常なら許可はできない。

しかし、今は緊急事態だ。迫水は最も信頼できるパイロットだった。

「いいだろう」

ぎらつく迫水の目を真っ直ぐ見つめながら、淵上は言った。

「だが、仇討ちは考えるな。目が曇るぞ」

「はい」

深くうなずくと、迫水は踵を返した。

敵は二十四機——。無傷で済むとは思えない。おそらく、複数の犠牲者が出る。

——生きて帰ってこい。

迫水の背中に向かって、心の中で淵上は声をかけた。

「魚雷です！　2時の方向。距離15マイル！　八本来ます！」

ソナー員・畑中の報告に、秋津はわずかに顔をしかめた。

艦隊の潜水艦『はやしお』は、すでに離脱してしまっている。海上からだけで敵潜水艦の攻撃を食い止めるのは難しい。しかし、やるしかない。

「CICより艦橋。副長、対潜戦闘の指揮を頼む」

艦橋にいる新波に、秋津は命じた。

「了解！」

海に目を向けながら、新波は応えた。

「面舵いっぱい！　デコイ、1番2番、3番4番、発射用意！」

隊員がその命令を復唱する中、

「『いぶき』から『あしたか』」

新波は浦田に呼びかけた。

「魚雷を頼む！」


「了解」

眉ひとつ動かすことなく浦田が応える。

「アスロック発射用意！」

浦田の命令に、

「アスロック攻撃始め！」

山本が続ける。

「発射用意よし！」

「てえーっ！」

山本のだみ声が『あしたか』ＣＩＣに響き渡った。

『いぶき』では、一機目の『F36J』が滑走を始めていた。

乗っているのは迫水だ。

迫水が甲板から飛び立つと、二番機がすぐにスタンバイを始めた。

『あしたか』甲板から発射された八発のミサイルは、海中に飛び込むと、魚雷に向かって突き進んだ。

次々に魚雷と衝突し、炎と泡を噴き上げる。

しかし、二本がすり抜けた。

しばらく海中を進んだあと上昇し、海上に飛び出す。

魚雷ではない——。

〈二発はミサイルです！　向かってくる！〉

「CIWSだ！」

『いぶき』の艦橋からすぐさま新波は命じた。

甲板の20ミリ機関砲が火を噴く。

ミサイル一発に命中。しかし、もう一発が向かってくる。

なおも砲撃を続ける。

被弾する寸前——、そのミサイルは『いぶき』甲板のすぐ手前で爆発した。

鼓膜を揺する爆発音と同時に、目を射るような閃光《せんこう》が飛行管制所の窓を通して飛び込んできた。

淵上は、顔を背けながら目を閉じた。バラバラと、何かが落下する音が聞こえる。

視力が回復したところで窓に駆け寄り、甲板を見下ろした淵上は、思わず「ああ」と声を上げた。

二番機がまだ待機したままの甲板には、ミサイルの破片が散らばっていた。

「被害状況を知らせろ！」

険しい表情で淵上は命じた。

「敵四機からミサイル。八発です。向かってきます！」

レーダー員・松島の報告で『いそかぜ』ＣＩＣに緊張が走った。

「ＳＭ２や！」

浮船が命じる。

「ＳＭ２、11番から18番、発射用意！」

岡部が声を張る。

「いてまえ！」

「てえーっ！」

『いそかぜ』甲板から、八発のミサイルが発射された。

真っ暗な夜空高く射ち上がったミサイルは、空中で角度を変え、加速をつけて標的に向かった。

敵ミサイルが次々に撃ち落とされる。

「今のは、先発隊四機のご挨拶だ」

『いそかぜ』が全ミサイルを撃墜したことを確認すると、『あしたか』ＣＩＣで浦田が声を上げた。

「このあと本隊と合流して一気に来るぞ。砲雷長、しっかり見張れ！」

「了解！」

山本が応じる。

「対空警戒を厳となせ！　繰り返す。対空警戒を厳となせ！」

ディスプレイに浮かんだ二十四のマーカーは、刻一刻と艦隊に近づいている。

「二十四機のお出ましか」

新波は薄く笑った。最大の危機が訪れているというのに、冷静でいられる自分が不思議だった。戦うしか道がないのなら、やるしかない。

「各艦最大戦速！　ジグザグ航行をとれ！」

握りしめた拳に力を込めると、新波は命令を発した。


中央に『いぶき』。

その両サイドに『あしたか』と『いそかぜ』。

真っ黒な海面に白い波を立て、三艦それぞれ左右に舵を切りながら前に進んでいく。

〈こちら淵上〉

飛行管制所からだ。秋津は、ディスプレイから顔を上げた。

〈ミサイルの衝撃で二番機以降、発艦不能です〉

「一機だけか」

秋津は唇を嚙んだ。

すぐにヘッドセットを装着し、

「迫水三佐、聞こえるか」

マイクに向かって呼びかける。

〈はい〉

秋津の決断は早かった。空で迎撃できないとすれば、やれることはひとつしかない。

「二十四機相手に一機では戦えない。海面すれすれを飛んで、敵空母に向かえるか」

〈了解！〉

秋津の意図を瞬時に理解したのだろう、迫水はそれだけ応えた。


「敵編隊との距離、75マイルを切りました！」

『あしたか』CICでは、射撃管制員・斉木の報告に浦田がうなずいた。

目の前のディスプレイを睨みつけてから意を決す。

「攻撃目標、敵編隊、第1から第24！　50マイルまで来たら射つぞ！」

「SM2、21番から44番、発射用意！」

砲雷長の山本が命じる。

誰もが、これまでで最大の戦闘が始まるのだと覚悟した。


〈迫水。現在の高度は？〉

秋津が聞いた。

「海面ギリ、50フィートです」

〈いいか。敵空母の甲板に穴を開けろ。後続機の発艦を許すな〉

「了解」

〈迫水〉

「はい」

〈くれぐれもホップアップはするな〉

敵機は、ホップアップしたところを捉えられ撃墜された。

ホップアップしないで正確に標的にミサイルを叩き込むことができるか、百パーセントの自信はない。しかし、やるしかない。

――一機も失うな。

秋津の命令が頭に浮かぶ。

「了解！」

迫水は真っ直ぐ前方を見据えた。

2

コンビニの店内は、夜明け前にもかかわらず、食料品と飲料水を求める客でごった返していた。こんな状態が昨夜からずっと続いている。

何が起こっているのか、しおりは、ほとんどわかっていなかった。スマホを見る暇もないのだ。ただ、客は口々に「戦争が起きる」と言っている。

「カップ麵とか水とか、もう在庫ないよね？」

隣でレジ打ちをしている和田に聞く。

「本部の配送センター、電話しても全然繫がんない」

バーコードリーダーを商品にあてながら答えると、

「当分帰れそうもないね。シフト、とっくに終わってんのに」

和田は、うんざりした表情になった。

「私、店長呼んでくる」

前の客のレジを終えると、次の客に「すみません」と断って、しおりはバックヤードに向かった。

人ごみをかきわけてドアを開け、バックヤードに入る。

「てん――」

ちょう――、と声をかけようとして、しおりは言葉を吞み込んだ。

長靴の山に埋もれるようにして、中野がテーブルの前の長椅子に横たわっていた。ひと目見ただけで、爆睡状態だということがわかった。おそらく、この数日、ほとんど眠っていないのだろう。

――外で何が起きているのか、多分、店長は何も知らない。

その寝顔を見ているうちに、何故かこのままにしておいてあげようかなという気持ちになった。

しおりは、そっとドアを閉めた。

3

「敵編隊50マイル。圏内に突入してきます。対艦ミサイル射程内です！」

『あしたか』のＣＩＣで山本が告げた。

「対空戦闘！」

浦田は鬼の形相になった。

「一機残らず片付けるぞ！　目標、敵攻撃機！　攻撃開始！」

「てえーっ！」

山本の叫びとともに、『あしたか』から二十四発の対空ミサイルＳＭ２が発射された。

白煙を噴き、夜空を切り裂きながら敵機に向かう。

固まっていた敵機が、フレアをまきながら散開する。

ミサイルがフレアに接触。次々に誘爆していく。

攻撃をかいくぐった敵機が、『いぶき』に向かって対艦ミサイルを発射する。

「本艦の目標、『あしたか』が射ち洩らした敵機及びミサイル！」

浮船の怒声が『いそかぜ』ＣＩＣ内に轟いた。

「全部まとめて、いてまえ！」

「対空戦闘！　ＳＭ２発射用意！」

岡部が命じる。

「データ入力！　発射準備よし！」

「いてまえ！」

「てえーっ！」

『いぶき』に殺到していた敵ミサイルは、『いそかぜ』からのミサイルの餌食《えじき》になった。

真っ赤な炎が上がり、新たな爆発で炎が広がり、その炎の中に突っ込んだミサイルがまた爆発した。

巨大な炎の塊が宙で広がり、やがて、そこは元の暗闇に戻った。

敵空母まであと一分ほどに迫った。

迫水は、『F36J』のコクピットで自分の呼吸する音だけを聞いていた。

――勝負は一瞬で決まる。外すことは絶対に許されない。

ゆっくりと深呼吸する。

そのときに備えて、集中力を極限まで高める。


「艦長、潜水艦です！」

ソナー員・畑中の報告に、ディスプレイを見つめていた秋津は、弾かれたように振り返った。

「さらに五艦！　方位1-9-0、距離12マイル。敵空母と我々の中間です」

「ずっと潜んでいたのか」

緊張に強張った表情で船務長の中根が漏らす。

「『あしたか』『いそかぜ』、対潜戦闘用意！」

そう命じながらも、新波は覚悟を決めた。

五艦もの潜水艦から一斉に攻撃されれば、防ぐ術《すべ》はない。以前一度だけ脳裏を過った『いぶき』撃沈の映像が、再び頭に浮かんだ。

〈潜水艦隊、魚雷発射！　十本きます！〉

——きたか。

「マスカー開始！　デコイ発射準備！」

自分を奮い立たせるように、新波は声を張り上げた。

十本の魚雷は、白い筋を引きながら海中を進んだ。

前方には『いぶき』がある。

すると、五本が、同時に針路を変えた。

他の五本とは逆方向に向かう。

「魚雷の針路、分かれました！　五本が我々に向かってきます」

秋津は目を細めた。

「残り五本は——、敵艦隊です！」

「なに？」

「魚雷が、敵空母に向かっていきます！」

——いったい、何が起こっている？

数秒考えたあと、秋津は、ハッと目を見開いた。

「迫水、聞こえるか！」

すぐに呼びかける。

〈はい〉

「攻撃中止だ！」

〈えっ⁉〉

迫水が、戸惑った声を上げる。

「すぐに戦線を離脱しろ！」


「了解！」

応えるとすぐ、迫水は操縦桿を握り直した。

すでに目視できるほど、敵空母は近くに迫っている。あと数秒命令が遅ければ、ミサイルを発射していた。

迫水は、敵空母すれすれに旋回し、そのまま遠ざかった。


〈魚雷、きます！〉

衝撃に備えて、新波は計器を摑み、頭を低くした。

次の瞬間――、くぐもったような爆発音が連続して耳に届いた。

――なんだ？

顔を上げ、窓の外を見ると、海上に巨大な水柱が上がっている。

魚雷が爆発した。

「自爆したのか……？」

新波は、思わずつぶやいた。

「敵艦隊周辺にも魚雷爆発音！」

「命中したのか？」

中根が畑中に確認する。

「いえ。同じように寸前で自爆したようです」

秋津は、言葉を発しなかった。

――考えられることは、ただひとつ。

「潜水艦五艦、浮上します」

――いったい、何が起きてるんだ。

続々と海上に現れる潜水艦の姿を、新波は、『いぶき』の艦橋で呆然としながら眺めていた。

〈識別番号……、国連軍です！　全艦、国連軍のコードです！〉

――国連軍……。

新波は双眼鏡を目にあてた。

国旗が見える。「米」「中」「露」「英」「仏」五か国。さらに、国連旗も掲げられた。

――これ以上の戦闘の拡大は国連として許さない、ということか……。

〈敵機、散開していきます！〉

新波は、大きくひとつ息をついた。全身から力が抜けた。

戦闘は終わったのだ。


ほどなく、秋津が艦橋に姿を現した。

無言のまま新波の横に立つと、双眼鏡を目にあてる。その先には、五艦の潜水艦がある。

すでに、敵空母艦隊も、針路を変更したという報告が入っていた。

「こうなることも、予測の範囲か？」

新波が声をかける。

まだ魚雷が自爆する前に、秋津はパイロットに戦線離脱を命じていた。国連軍が出てくることも、秋津の頭の中にはあったのだろう。

しかし、新波の問いに、秋津は答えなかった。

「俺たちだけじゃない。ハードルを越えたのは」

双眼鏡を目から離すと、前を向いたままそう言った。

昇ったばかりの朝日が降り注ぐ海面は、きらきらと穏やかに光っていた。

4

――十二月二十四日　午前六時二十七分
「初島の漁船団も、全て島を離れたようです」

沢崎の報告に、デスクに就いていた垂水と、ソファに座っていた石渡は、同時に安堵の息をついた。

「常任理事国五か国が、同時に国連軍に参加し、局地紛争の幕を閉じたのは、史上初めてのことです」

「ああ、そうだな」

小さくうなずくと、石渡は沢崎を見上げた。

「これからだな、君たちの仕事は」

「はい」

「相手の非を、どこまで明らかにできるのか……」

「いえ」

沢崎は即座に否定した。

デスクの垂水も沢崎に目を向ける。

「真の外交とは、双方の国にとっての実利的な幸福の追求です。決して正義の実現ではありません」

「そこには踏み込まず、相手を追い込まないことも、外交のあるべき姿ということか」

垂水はつぶやいた。

「そう思います。慎重にやるつもりでおります」

「よろしく頼む」

「はい」

任せてください、というように深くうなずくと、沢崎は総理執務室を出て行った。

「それにしても、物事は想定外の連続で動くものだが……」

デスクの上のノートパソコンに向き直ると、垂水は、沢崎が来るまで見ていたネットの動画をもう一度再生した。

そこには、『いぶき』甲板で起きた事件が映っていた。

敵戦闘員に銃口を向けていた隊員を止め、怯えているその敵戦闘員にやさしく声をかける秋津。そして、死んだ隊員の瞼を閉じ、口許の血を拭う新波。

この映像はあっという間に世界中に拡散し、衝撃と感動を呼び起こした。国連が動いた一因になったことは間違いない。

〈私は今日、護衛艦が巨大な炎を上げているのを見ました〉

甲板から映像が切り替わると、今度は女性記者が、カメラに向かって話し始める。

〈血塗れの人が倒れているのを見ました。足がすくんで動けませんでした。これが戦争なんだ。こんなことはあってはならない。絶対に許してはならない。そんな気持ちが自然と……本当に心からそう思いました。

けれど、その戦争を防ぐための闘いというのもある。とても矛盾しているけれど、それもまた事実です。そして、その闘いを戦争にするかしないかは、この世界に住む、私たち全員に委ねられているのです。辛くても、悔しくても、犠牲を払っても、踏みとどまる努力を。いつか、この世界から争いがなくなる日まで。

以上。空母『いぶき』から本多裕子がお伝えしました〉

〈――Until some day, the world becomes one without war. I'm Honda and here I've reported from the Aircraft Carrier IBUKI.〉

女性の日本語のリポートのあとには、男声の英語訳が続く。

この映像は、今も世界中の人々に視聴されている。

「互いに大きな痛手を負うことなく、五分五分のまま結論は先送りされた。まあ、外交交渉の決着とすれば、理想的な形かもしれないな」

石渡が、垂水に向かって言った。

「これで百対ゼロで勝ってたら、もう一方の恨みと憎しみは永久に消えることはない」

「そうやって、大きな国が小さな国をとことん追い込んだ結果、今の世界を作った」

垂水が言葉を継ぐ。

「うーん……、まあ、そうとも言えるな」

石渡が苦笑を漏らす。

垂水は立ち上がった。

「弁当のおかずは、毎日卵焼きに蛸《たこ》ウインナー……」

デスクの前に回り込みながら、ひとりごとのように話し始める。

「おふくろに文句を言ったら、初めてオヤジにぶん殴られた」

いったいなんの話だ、というように、石渡は眉をひそめた。

「下の子の入学式、何を着て行くか、カミさんに何度も聞かれる。孫の誕生日、じいさんばあさんは朝から大騒ぎだ。クリスマスプレゼント、恋人に何を買うか十日も悩む。家を持つのは、一生に一度の買い物。そしていつの日か、精一杯の感謝を込めて親を葬《おく》送る日を迎える」

デスクの端に尻を載せると、垂水は石渡を見下ろした。

「俺たちが守るべきは、そういった当たり前の暮らしだ。何げない、ささやかな幸せってやつだ。そのための政治家だよな」

「ああ」

「よし！」

垂水が、両手で顔をはたく。

「記者会見やるか！」

「わかった」

石渡が立ち上がる。

「なあ、石渡」

ドアに向かって歩き出した石渡を、垂水は呼び止めた。

「うん？」

石渡が振り返る。

「もう三年、やってもいいか？」

もうすぐ党首選がある。出馬するかどうか、垂水は昨日まで迷っていた。

ふっと小さく笑うと、石渡は肩をすくめた。

石渡は、次は自分の番だと思っていただろう。でも、もう少し仕事を続けたかった。今の自分なら、以前とはまるで違う覚悟を持って国政にあたることができると思う。

石渡は、笑顔のまま無言で踵を返した。

その背中に向かって、垂水は頭を下げた。

ネクタイを締め直し、背筋を伸ばすと、垂水は、しっかりとした足取りで総理執務室をあとにした。

5

桂子は、藤堂と並んでオフィスビルを出た。

小鳥のさえずりが聞こえた。朝日がまぶしい。

目を閉じ、深呼吸した。そして、長い一日だったなと、改めて思った。

「軽く飲んでく？」

目を開けると、すぐ横に立つ藤堂に声をかける。

「こんな時間に開いてる店、あります？」

「東京ナメるな。なんだってアリだよ、この街は」

「ですね」

藤堂は笑みを返した。

「でも、やめときます」

「なんで？」

「もう子どもが起きてますから」

「あ、そっか」

バツイチ子なしの桂子には、愛する妻子が家で待つ藤堂がちょっとだけうらやましい。

「あれ、幾つになったんだっけ」

「五歳。年中さんです」

「フーン」

バッグからリボンのついた紙袋を取り出すと、桂子は、藤堂に向かって差し出した。

「はい、メリークリスマス」

「え？」

「五歳児用」

桂子が微笑む。

「ほら、あんたさあ、ずーっとここんとこ、会社に泊まり込みだったでしょ。だからまあ、一応、上司としての、なんつーの……、忖度《そんたく》っていうの。あ、この場合、忖度っていうのは、本来の意味だからね」

「はあ……」

紙袋を手にしたまま、嬉しそうな顔で藤堂がうなずく。

「明日からまた忙しくなるから、今日は家族サービスしてきて」

「今回の戦闘に関する特集記事ですよね」

「詳しいことは裕子が戻ってからになるけどね。それまでに準備しておかなきゃいけないことは山ほどあるから。日本に本当に空母が必要なのかどうかも、もう一度検証しないとね」

「そこからですか？」

「そう。最初っから」

「了解しました」

おどけた顔で藤堂が敬礼する。

「ま、なんにせよ、戦争にならなかったんだから、日本中メリークリスマスだ！」

明るい声でそう言うと、桂子は、いつもと変わらない空に向かって大きく伸びをした。

6

裕子は、ついさっき『いぶき』甲板で撮影したばかりの映像をチェックしていた。

〈おはようございます〉

田中が構えたカメラに向かって、裕子が話しかける。

〈戦争の危機は去ったものと思われます。全面衝突は回避されました。現在、空母『いぶき』を中心とする第5護衛隊群は、引き続き、対空・対潜警戒を厳としたまま、海上保安官の救助のために、初島に向かっています〉

裕子の日本語に遅れて、田中の英語の翻訳が続く。

「よし」

チェックを終えると、カメラのデータをパソコンに転送し、それを衛星携帯に繋げる。

動画のアップロードを終えると、裕子は横を見た。テーブルに突っ伏して田中が寝息を立てている。

緊張が弛んだ途端、裕子にも急激に眠けが襲ってきた。瞼を開けていることができない。

ゆっくりテーブルに頬をつける。

――メリークリスマス。

心の中でつぶやくと、裕子もすぐに寝息を立て始めた。

7

〈艦内哨戒第２配備、第２直哨戒員、交代用意〉

『いぶき』艦内のスピーカーから指示が流れている。その声に、すでに緊張は感じられない。

秋津は、まだ艦橋に留まっていた。黙ったまま、じっと海を見つめている。

「副長」

不意に、隣に立つ新波に顔を向けた。

「はい」

新波も横に首を捻る。

「烹炊員《ほうすい》に命じて、温かい握り飯と味噌汁《みそしる》を用意してくれ」

「は？」

「初島で我々を待ちわびてる連中は、相当腹を空《す》かせているはずだ。まずはメシだ！」

——メシ？

新波は口許をほころばせた。

「パイロットは、他人《ひと》の腹の心配などしない人種だと思ってました」

「勉強不足だ」

澄ました顔で秋津が応える。

戦闘が一段落した深夜、新波は、気分転換を兼ねて隊員たちに食事をとらせた。それが士気を維持することに役立ったのを、秋津は認めているのかもしれない。

——また少しだけ、秋津は艦乗りに近づいた。

「では、準備させます」

頭を下げ、踵を返しかけたところを、

「副長」

秋津が呼び止める。

「私の食事も頼む」

「わかりました。いつも通り、艦長室に運ばせます」

「いや。食堂で皆と食べたい」

新波は目を丸くした。

「は？」

「戦闘機乗りがですか？」

「艦《ふね》と海の話を、聞かせてもらいたい」

秋津は微笑んだ。心からの笑顔に見えた。

「了解！」

新波もまた笑顔で応えると、艦橋を出た。

秋津が初めて、他の隊員といっしょに食事をとりたいと言った。それが何故かとても嬉しかった。ようやく本当の仲間になれたような気がした。

――それにしても、長い一日だったな。

通路を足早に歩きながら、この二十四時間に起こったことが、走馬灯のように頭の中を駆け巡った。

今はまだ冷静には振り返れない。しかし、起こった出来事は全て正確に記録に残し、検証しなければならない。二度とこんな戦闘を引き起こさないためにも。

――いずれにせよ、秋津とはこれからも長い付き合いになりそうだ。

今見たばかりの秋津の笑顔を思い出し、新波は小さく声を出して笑った。

エピローグ

コンビニのバックヤードの長椅子で眠りこけていた中野は、ハッと目を覚ました。腕時計に目をやる。すでに七時近い。

「うわっ！」

慌てて上半身を起こした。

出勤・登校前のお客さんで、もうすぐ朝の混雑が始まる。その前に、お菓子の長靴をレジ前に並べておかなければ。

長靴が詰まったダンボール箱を二つ重ねて抱え持つと、中野は、店内に抜けるドアを足で蹴《け》り開けた。

客はひとりもいないようだ。通路を真っ直ぐレジカウンターに向かう。しかし、レジにも人はいない。

「えー、なんで誰もいないの。しーちゃん、しーちゃん!?」

呼びながらレジの前にダンボール箱を置き、カウンターの内側を覗き込む。

「え!?」

中野は驚きに目を見開いた。

カウンターの内側で、しおりと和田が床に足を伸ばし、背中を壁につけて、ぐったりした様子で目を閉じていたのだ。

そのとき初めて、中野は店内の異変に気づいた。棚が空っぽなのだ。日用品の棚にはまだいくらか商品は残っているが、食料品や飲料水の棚は、冷蔵庫・冷凍庫の中を含めて何ひとつ残っていない。

足をもつれさせながらカウンターの中に入り、しおりの横にしゃがむ。

「ねえ、しーちゃん、しーちゃん」

肩を揺すると、しおりはわずかに目を開けた。

「これ、泥棒!? ねえ、しーちゃん、しーちゃん、怪我無い? 怪我」

「……ください」

朦朧としながら、しおりは口を開いた。

「え? なに? み、水?」

「クリスマスプレゼント」

「クリスマス――?」

「長靴……」

「ああ」

しゃがんだ格好のままカウンターを出て手を伸ばすと、中野は、ダンボール箱からひとつ長靴を抜き取った。それをしおりに向かって差し出す。

しおりは、それを大事そうに胸に抱えた。

「メリークリスマス、サンタさん」

中野に向かってにっこり微笑む。

「メリークリスマス。ねえ、何があったの？　ねえ」

中野は聞いたが、しおりは答えない。再び目を閉じると、すぐに寝息を立て始めた。とても穏やかな寝顔だった。

和田は、その横でいびきをかいている。

店内のスピーカーから、有線放送で「きよしこの夜」が流れ始めた。英語バージョンだ。

Silent night, holy night
All is calm, all is bright
Round yon Virgin, Mother and Child
Holy infant so tender and mild

Sleep in heavenly peace
Sleep in heavenly peace

そのメロディを聴いているうちに、中野の頭に日本語の歌詞が浮かんだ。

きよしこのよる
星はひかり
すくいのみ子は
みははの胸に
ねむりたもう
ゆめやすく

しおりも和田も、また眠り込んでしまった。無理やり起こすのは気の毒な気がした。何が起こったのかわからないまま中野は立ち上がり、カウンターを出た。改めて店内を見て歩く。ほとんどの棚に、やはり商品がない。何故こんなことになっているのか、理由は気になったが、しおりの平和な寝顔を見る限り、警察沙汰《ざた》になるような事件ではないようだ。

いつものように駐車場の掃除をするために、中野は店を出た。そして、大きく伸びをした。

気持ちのいい朝だった。

空は青く澄み、朝の陽光が辺りを柔らかく照らしている。冷たい風も寝起きの頬には心地がいい。

――今日はクリスマスイブだ。

お菓子の長靴はほとんど完成している。子どもたちのたくさんの笑顔に出会えるかと思うと、胸が弾む。

――世界中に笑顔が溢れますように。

そう祈りながら、中野は、どこまでも続く空を見上げた。

本書のプロフィール

本書は、『空母いぶき』（原作／かわぐちかいじ、原案協力／惠谷治）を原作とした映画「空母いぶき」（二〇一九年公開、企画／福井晴敏、脚本／伊藤和典、長谷川康夫）をもとに、著者がノベライズした作品です。

小学館文庫

小説《しょうせつ》 映画《えいが》 空母《くうぼ》いぶき

著者　大石直紀《おおいしなおき》

原作　かわぐちかいじ　原案協力　惠谷《えや》 治《おさむ》

企画　福井晴敏《ふくいはるとし》

脚本　伊藤和典《いとうかずのり》 長谷川康夫《はせがわやすお》

二〇一九年五月七日　初版第一刷発行
二〇一九年六月三日　第二刷発行

発行人　岡　靖司
発行所　株式会社　小学館
〒一〇一-八〇〇一
東京都千代田区一ツ橋二-三-一
電話　編集〇三-三二三〇-五四三八
　　　販売〇三-五二八一-三五五五
印刷所――――凸版印刷株式会社

この文庫の詳しい内容はインターネットで24時間ご覧になれます。
小学館公式ホームページ　http://www.shogakukan.co.jp

ISBN978-4-09-406632-6